GW00716679

Le
Livre
de
Poche
Jeunesse

LES ENFANTS DU NOUVEAU MONDE

Anne-Sophie Silvestre

Les enfants du nouveau monde

1

Jean du Couëdic aimait passionnément les bateaux. Personne n'était mieux au courant que lui des entrées et des sorties de navires dans le port de Nantes. Il avait quatorze ans, des cheveux blonds toujours ébouriffés et un joyeux caractère. Il était orphelin mais cela ne le chagrinait pas beaucoup car son oncle, M. du Couëdic, l'avait accueilli chez lui quand il n'était qu'un bambin marchant encore à quatre pattes et depuis l'élevait comme son fils.

Ce jour de printemps de 1720, debout sur la cale[1] du port, Jean suivait avec intérêt la manœuvre d'un navire hollandais. Le hollandais avait remonté l'estuaire de la Loire vent de travers. À mesure qu'il

1. Partie d'un quai qui s'abaisse dans l'eau en pente douce.

approchait du port, il brassait ses voiles l'une après l'autre afin de diminuer régulièrement sa vitesse. Il entra dans le bassin ; d'un coup de barre, il se tourna face au vent et laissa tomber ses deux ancres à l'eau. Le bateau s'arrêta ; il recula un peu, poussé par le vent debout et le courant contraire et, enfin, il s'immobilisa sur son mouillage tendu.

— Arrivée de port correcte, murmura Jean qui s'était personnellement attribué la fonction d'apprécier la précision de manœuvre des navires.

Une grande main se posa sur son épaule avec une bourrade amicale.

— Je t'y prends ! Encore sur la cale au lieu d'étudier... Ton oncle sait que tu es là ?

Jean leva la tête et sourit.

— Il doit s'en douter. Bonjour, monsieur de Montlouis.

M. de Montlouis posa sa main au-dessus de ses yeux et observa le bâtiment qui venait de mettre au mouillage :

— Alors, qu'est-ce qui nous arrive aujourd'hui ?

— Un hollandais. Le *Sinter Klaus*[1]. Il vient d'Amsterdam.

— Fort bien. Où va-t-il ensuite ?

— Aux Antilles, je suppose.

— Et toi, quand ton oncle te laisse-t-il embarquer ?

Jean sourit.

1. Le *Saint-Nicolas*.

— Quand j'aurai seize ans, pas un jour plus tôt, et il ne servirait à rien de revenir sur ce sujet, il me l'a encore répété hier.

Montlouis hocha la tête.

— Voilà qui paraît sage. Mais il est temps de rentrer. Je vais au Couëdic. Veux-tu faire le chemin avec moi sur mon cheval ?

— Bien sûr, je veux. Vous soupez avec mon oncle et avec moi ?

— Oui. Talhouët et Pontcallec seront là aussi.

— Ah ! ce sera un souper de philosophes, alors.

M. de Montlouis sourit :

— Voilà un bien grand mot. Un souper d'amis, en tout cas...

Ils tournèrent le dos au navire hollandais et remontèrent la cale ensemble. Montlouis détacha son cheval, engagea son pied dans l'étrier et se hissa en selle. Puis il tendit la main à Jean, qui sauta en croupe.

— C'est bien gentil à vous de m'emmener sur votre cheval, monsieur de Montlouis, dit Jean. Comment saviez-vous que j'étais sur le port ?

— Je suis comme ton oncle : je m'en doutais.

Ils étaient maintenant sur la grand-route qui s'éloignait de Nantes.

— Allez-vous parler de politique, ce soir ? demanda Jean après qu'ils eurent chevauché un moment en silence.

Sans attendre la réponse qui de toute évidence était oui, il poursuivit :

— Pourquoi, vous et mon oncle, tenez-vous tant à votre idée de république de Bretagne ? Croyez-vous qu'elle existera un jour ? Pensez-vous que ce sera dans longtemps ?

— On se calme ! interrompit Montlouis. Ai-je le droit de répondre à une de tes questions avant que tu n'en poses une autre ?

— Bien entendu, dit Jean aimablement.

— J'en suis heureux. Alors : pourquoi une république ? Mais, parce que la république est la plus belle chose qui soit, mon petit ! Chacun y a le droit à la parole. Les citoyens sont libres et égaux entre eux. Il n'y a plus de privilège dû à la naissance. Il n'y a plus de roi mais des députés élus par les citoyens.

— J'aime bien le roi, moi.

— Bien entendu, tu aimes le roi ! Tout le monde aime le roi. Comment pourrait-on ne pas aimer Louis le Quinzième ? Un enfant de dix ans... Il est si beau et si charmant avec son teint clair, ses yeux bleus, son petit air à la fois fragile et brave. Et comment ne pas être ému par son destin ? Un pauvre petit roi orphelin à l'âge de deux ans, ses jeunes et beaux parents, et son frère d'à peine cinq ans, tous emportés en quelques jours par la maladie... Et la mort de son arrière-grand-père, le roi Louis XIV ? Le vieil homme dans son lit, le tout petit Dauphin, ceint de son cordon bleu, debout à son chevet. « Vous allez voir un roi dans la tombe et un autre dans le berceau[1]... » Toutes ces images vous remuent le cœur.

— Qui gouverne le royaume en attendant que le roi soit grand ?

— Le régent. Philippe d'Orléans. Le grand-oncle de Louis.

— Est-il méchant, ce régent ? Est-ce un homme dur ?

— Pas du tout. C'est un homme étonnant, passionné de science et de modernité, curieux de toutes les découvertes. Un esprit généreux qui abhorre le sang et use de son droit de grâce autant qu'il le peut. Un honnête homme qui prépare de son mieux le règne de son neveu.

— Monsieur de Montlouis, je ne vous comprends pas. Pourquoi désirez-vous une république alors que vous éprouvez autant de sympathie pour le petit roi et pour le régent ?

— Parce que la monarchie et la république ne sont pas des personnes mais des idées, mon petit Jean. Nous pouvons éprouver de la sympathie, et même de l'affection, pour le charmant enfant triste qu'est Louis XV, et pour cette étonnante altesse qu'est Philippe d'Orléans. Ils ne sont pas la royauté. Ils ne font que la représenter pour le moment. Et la royauté, nous avons le devoir de la désapprouver parce que c'est un système injuste qui repose sur la

1. Paroles de Louis XIV sur son lit de mort.

plus abusive des notions, celle de l'inégalité des naissances.

La route était plate, bordée de deux haies. Le cheval prit le trot. Jean s'enfonça dans une profonde rêverie. Quand le cheval repassa au pas pour franchir un ruisseau, il émergea de sa méditation.

— Mais, monsieur de Montlouis, observa-t-il, vous, moi, mon oncle du Couëdic, le marquis de Pontcallec... nous sommes tous nobles... Nous sommes avantagés par cette inégalité des naissances.

— Certes.

— Eh bien alors ?

— Ce n'est pas parce qu'un abus nous profite que nous devons y souscrire.

— Et pourquoi voulez-vous une république de Bretagne ? La Bretagne n'est-elle pas une province française ?

— Assurément. Depuis le mariage de Claude de France, la fille d'Anne de Bretagne, il y a de cela deux cents ans. Mais tu le sais, nous, les Bretons, nous avons la tête dure. Nous nous obstinons à nous sentir plus bretons que français.

— Il faudrait, pour faire votre république, détacher la Bretagne de la France, observa Jean.

— Certainement, approuva Montlouis, et, pardieu, ce ne serait pas une petite affaire. Les Français ne veulent pas. Nous avons déjà essayé dans le temps. Cela a toujours abouti à de laids combats faisant couler des flots de sang. J'espère bien que ça ne recommencera jamais. C'est pour cette raison que notre projet n'est sans doute qu'un beau rêve, une chimère qui ne verra jamais le jour.

— Et pourquoi ne pas faire directement la république pour toute la France ? Cela éviterait d'avoir à en retirer la Bretagne.

M. de Montlouis partit d'un tonitruant éclat de rire.

— La république française ! Peste, comme tu y vas !

Il reprit son sérieux et ajouta :

— Ce serait magnifique, hélas je crains de ne pas vivre assez vieux, ni toi non plus, pour voir cela. Elle existera peut-être un jour, mais ce sera long à venir. Les Français sont si profondément monarchistes...

Ils étaient presque arrivés au Couëdic. M. de Montlouis ralentit le pas de son cheval et ils s'engagèrent dans l'allée qui menait de la grand-route de Nantes au manoir. L'allée était bordée de part et d'autre d'une double rangée de tilleuls argentés. En ce début de printemps, ils étaient déjà couverts de bourgeons. Montlouis leva la tête et poussa entre ses dents un sifflement d'admiration.

— Morbleu, que ces arbres sont beaux ! Ton oncle doit être un magicien. Je ne sais comment il fait, il suffit qu'il s'occupe d'un arbre pour qu'il prospère comme fougère en été...

— C'est parce que nous les avons tous taillés cet hiver, dit Jean avec fierté. Nous avons fait le travail nous-mêmes, en montant aux échelles. Mon oncle dit que la taille est un travail trop délicat pour être confié à des gens qui n'ont pas « le sens » des arbres. Une taille maladroite et l'arbre est en panne pour plusieurs années, ajouta-t-il d'un air docte.

M. de Montlouis hocha la tête.

— Fort bien, fort bien, dit-il. Mais, dis-moi, tu ne me parles pas de ta cousine... ! Comment se porte-t-elle ?

— Comment le saurais-je ? dit Jean soudain grognon. Vous savez bien qu'elle ne vit plus avec nous. Elle s'est mariée.

Il y avait si peu de bienveillance pour ce mariage dans la voix de Jean que Montlouis tourna la tête par-dessus son épaule pour considérer avec curiosité et amusement le gamin mécontent monté en croupe derrière lui.

— Naturellement, dit-il enfin, je sais qu'elle est mariée. J'ai même assisté à ce mariage, ce me semble. Et je sais qu'elle vit avec son mari, ce qui est la moindre des choses pour une épouse. Je pensais seulement qu'elle vous écrivait parfois, à son père et à toi.

— Elle écrit peut-être à mon oncle, dit Jean fort raidement, mais pas à moi.

M. de Montlouis lui donna une tape amicale sur la cuisse.

— Allons, cela te fâche donc tant que ta cousine se soit mariée ? C'est bien normal, tu sais. J'oserais même dire que c'est tout à fait souhaitable pour une jeune fille.

— Cela ne me fâche pas du tout. Je ne vois pas pourquoi cela me fâcherait.

— Cela te fâche parce qu'elle est partie. Elle était comme ta grande sœur. Et au Couëdic, elle te manque. À ton oncle aussi, mais il ne le dit pas.

— Il n'avait qu'à ne pas donner son consentement. Qu'avait-elle besoin de se marier ? Surtout avec cet homme-là.

— Qu'est-ce que tu peux bien trouver à reprocher à Horace de Trévinec ? C'est un jeune homme très bien. Tiens, moi, ma fille voudrait épouser un garçon comme celui-là, je consentirais sur l'heure...

M. de Montlouis ne risquait pas grand-chose avec ce genre d'engagement, sa fille avait deux ans.

Jean médita un instant, cherchant quel défaut majeur il pouvait bien trouver à son beau-cousin – à part, bien entendu, d'avoir épousé sa cousine –, enfin il asséna comme une condamnation :

— C'est un vieux grippe-sou.

Montlouis ouvrit des yeux ronds.

— Un vieux grippe-sou ?

— Mais oui, il est tout le temps en train de chicaner Gwénola : « Ne dépensez pas trop, ma mie... » ou de donner des conseils à mon oncle : « Pourquoi faites-vous faucher si tôt ce pré, monsieur mon père ? Si vous attendiez seulement une semaine, vous récolteriez cinq balles de foin de surplus, pour le moins... »

Ces imitations d'Horace firent rire M. de Montlouis aux larmes. Jean, par contagion, éclata de rire lui aussi. Ils riaient tous deux encore en arrivant devant le perron du Couëdic.

— Tu sais, dit Montlouis en sortant son mouchoir pour s'essuyer les yeux, le défaut des jeunes gens, c'est plutôt de jeter l'argent par les fenêtres. Il me semble que c'est une bonne chose pour ta cousine Gwénola d'avoir un mari soucieux des biens du ménage. Et « vieux », c'est beaucoup dire. Il a vingt ans, ce garçon.

— C'est bien ce que je disais, dit Jean en sautant lestement à terre, c'est un vieux.

La fenêtre du cabinet de travail qui donnait sur le perron s'ouvrit et la moitié supérieure de M. du Couëdic apparut.

— Montlouis, mon ami, une bonne soirée à toi ! Entrez vite, Talhouët et Pontcallec sont déjà là, nous allons passer à table ! Et merci de m'avoir ramené mon garnement !

2

Montlouis, Talhouët et Pontcallec. Jean n'aurait su dire combien de soirées les trois compagnons avaient passées chez son oncle. Des soirées pendant lesquelles la conversation auprès du feu était si passionnée et durait si tard dans la nuit que les trois amis finissaient toujours par dormir au Couëdic. On parlait de liberté, de droits des peuples, de l'indépendance de la Bretagne...

Jean, assis près de la cheminée comme Cendrillon, le menton posé sur les genoux, écoutait ces hommes parler la nuit durant. De temps en temps, son oncle voulait l'envoyer au lit.

— Laissez-le donc, ce garçon, du Couëdic, disait Pontcallec. Il fait mieux son éducation à nous entendre que dans tout le latin de ses livres.

Pontcallec... Clément de Guer de Malestroit, marquis de Pontcallec. Jean avait pour ce jeune géant barbu au regard lumineux une admiration sans limite. Cet homme qui parlait de supprimer la misère. Jean songeait parfois que Jésus avait dû être quelqu'un un peu comme Pontcallec.

Ce soir-là, après le porc rôti aux pommes, le fromage et les compotes, les quatre amis et Jean s'assirent auprès de la cheminée où crépitait un feu de souches. L'oncle du Couëdic prit l'air gourmet comme s'il s'apprêtait à servir à ses hôtes le meilleur plat du souper et sortit d'un sous-main plusieurs feuillets de papier pliés en quatre.

— Mes amis, permettez-moi de vous donner lecture de cette lettre qui m'est arrivée cette semaine, apportée par un bateau. Elle m'est envoyée par l'un de mes amis d'Amérique. Elle est en anglais, je vous la traduis...

L'oncle du Couëdic était en correspondance régulière avec des habitants de Boston et de Philadelphie. Dans les Treize Provinces d'Amérique[1], la vie intellectuelle était active et brillante. On créait des sociétés scientifiques, des cercles de philosophie, on ouvrait des universités. L'ami de l'oncle du Couëdic appartenait à une société républicaine. Il exposait

---

1. Au début du XVIIIe siècle, la partie de l'Amérique du Nord colonisée par les émigrants européens constituait treize provinces échelonnées le long de l'océan Atlantique. On désignait cette partie de l'Amérique sous le nom des « Treize Provinces ». Ces Treize Provinces d'Amérique appartenaient à l'Angleterre.

dans sa lettre un projet d'indépendance des Treize Provinces. Il voulait rompre avec l'Angleterre. « *Voyez-vous, mon cher ami*, écrivait-il, *Londres considère l'Amérique comme une terre de sauvages dont le seul intérêt se trouve dans ses richesses naturelles qu'il convient de piller méthodiquement. Les colons américains ne sont que des citoyens de second ordre, tout juste bons à payer des impôts ; disons, des poules tout juste bonnes à être plumées...* »

Chacun écouta en silence la lecture de la lettre. Montlouis médita quelques instants et enfin déclara :

— Les Américains auront leur indépendance. Il leur faudra sans doute une guerre pour cela. Elle sera longue et pénible, mais je ne crois pas possible qu'ils ne la gagnent pas un jour.

Jean se mêla à la conversation :

— Monsieur de Montlouis, pourquoi cette guerre sera-t-elle difficile et comment savez-vous que les Américains la gagneront ?

— Je ne sais rien, Jean, j'essaie seulement d'imaginer. Et je prévois que les Anglais enverront là-bas des soldats de métier qui hacheront menu au canon et à la baïonnette des cultivateurs et des marchands mal armés et ne connaissant rien à la guerre.

— Alors comment les Américains pourront-ils la gagner, cette guerre ?

— Parce qu'ils combattront chez eux. Parce qu'ils auront pour eux le droit. Parce qu'ils se battront pour leur terre et leur liberté.

— Et, ajouta l'oncle du Couëdic, parce qu'ils

s'appuieront sur un territoire si vaste que leur armée ne pourra pas être détruite. Elle aura toujours de l'espace derrière elle.

— Et voilà, dit Talhouët, pourquoi les Américains auront leur indépendance et nous, les Bretons, jamais.

Le marquis de Pontcallec leva les yeux :

— Pourquoi cela, ami Talhouët ?

— Parce que je vois qu'aujourd'hui, c'est l'argent qui devient le moteur de toute chose. Notre monde est en train de devenir bourgeois et marchand. Si cette guerre d'Amérique se déclenchait, elle serait conduite par des bourgeois américains dont les entreprises sont écrasées par le rançonnage anglais. Personne n'est plus efficace que les bourgeois. Quand ils veulent quelque chose, ils l'obtiennent. Chez nous, en Bretagne, qui veut l'indépendance ? Certainement pas les bourgeois. Elle serait une nuisance pour leurs affaires. Et nos paysans sont si pauvres que leur seule vraie préoccupation est de savoir s'ils auront à manger jusqu'à la fin de l'hiver.

— Et nous, ami Talhouët, vous nous oubliez, je crois.

— J'y viens. Il ne reste donc que nous. La noblesse bretonne. Enfin, une partie de la noblesse, nostalgique du temps où la Bretagne était libre et non soumise à la France. Nous nous battons par honneur et non par intérêt. Nous sommes des chevaliers d'un autre âge perdus dans ce siècle où tout avance au galop.

— Des *don Quichottes* bretons, en quelque sorte, dit l'oncle du Couëdic.

Pontcallec, un sourcil levé, promena un regard qui s'arrêta sur chacun de ses compagnons. Il observa :

— Je vous trouve bien amers, ce soir. J'espère que ce que je vous apporte va réveiller votre enthousiasme. Car, moi aussi, il m'arrive de recevoir des lettres, même si elles ne viennent pas toujours de si loin que l'Amérique.

— Est-elle de si grande conséquence, cette lettre ? demanda Montlouis.

— Immense, messieurs, immense.

— Et d'où vient-elle ?

— Ah ! tout à coup, j'hésite. Vous le dirai-je ?

— Pontcallec, mon ami, dit Talhouët, vous nous avez si fortement alléchés que, je vous le déclare, mes amis et moi ne vous laisserons plus sortir de cette pièce sans que vous nous ayez révélé qui vous envoie cette fameuse lettre. Si vous vous y refusez, nous vous attacherons à votre fauteuil et vous chatouillerons la plante des pieds avec une plume jusqu'à ce que vous parliez.

— Ne plaisantez pas, mes amis. Sur mon âme, je vous jure qu'il n'y a pas de quoi plaisanter ! Allons, je me décide. Cette lettre nous vient de l'abbé Alberoni, ministre du roi Philippe V d'Espagne.

Un silence suivit les paroles du marquis de Pontcallec.

— En effet, murmura l'oncle du Couëdic, il n'y a pas de quoi rire.

La France et l'Espagne venaient de se déclarer pays ennemis. Une guerre était possible à tout moment. Correspondre avec le roi d'Espagne était à la limite du crime de trahison.

— Et que nous dit-il, l'abbé Alberoni ? demanda enfin Montlouis.

— Il nous propose de soulever la Bretagne et de proclamer son indépendance. Il promet d'envoyer des troupes armées à notre aide. Il a même déjà prévu de les faire débarquer en baie de Quiberon.

— Rien que cela ! Et vous croyez à ces belles paroles, vous, marquis ? interrogea du Couëdic.

— Pas un mot ! Ces promesses ne coûtent rien à Alberoni. Elles sont de celles qui n'engagent que ceux qui les croient. Si la guerre se décidait, les Espagnols seraient enchantés de voir la France empêtrée dans une révolte bretonne. Alberoni nous laisse prendre tous les risques. Et quand la paix se signera, il s'empressera de nous oublier et de nous laisser affronter seuls les représailles françaises.

— Alors, marquis, pourquoi, par tous les saints du paradis, conservez-vous cette lettre qui est aussi dangereuse qu'un tonneau de poudre avec une mèche allumée enfoncée dedans ?

— Certainement pas pour ouvrir la baie de Quiberon aux Espagnols. Mais ce message peut avoir une utilité... Voilà mon idée : de nombreux membres de la noblesse désirent profondément l'indépendance de la Bretagne mais hésitent à se regrouper parce que nous ne sommes pas assez forts ni assez nombreux. Si nous leur montrions cette lettre qui propose le soutien de l'Espagne, peut-être se décideraient-ils ? Nous pourrions fonder une ligue des gentilshommes bretons...

— C'est un grand et beau projet, marquis, dit l'oncle du Couëdic, mais trop dangereux en ce temps de guerre imminente. Une dénonciation et votre tête tombe pour trahison. Pontcallec, je vous en supplie, par amitié pour nous, brûlez cette lettre.

— Brûlez-la, marquis, dit Talhouët. Vous pourrez créer votre ligue sans ces grimaces espagnoles. Votre parole vaut bien davantage.

— Brûlez cette lettre, Pontcallec, ajouta enfin Montlouis. Même déchirée, si un seul petit morceau venait sous les yeux d'un de ces messieurs les juges à bonnet carré, elle serait encore capable de nous envoyer à l'échafaud.

— Je le sais pardieu bien. Pourquoi croyez-vous que j'ai hésité avant de vous la montrer ? Vous m'avez convaincu, messieurs. Je vous remercie de votre amitié. Nous allons brûler ce message.

Le marquis de Pontcallec défroissa avec soin la lettre signée par le ministre du roi d'Espagne puis, s'aidant du tisonnier, il l'enfonça dans les braises de la cheminée et la tourna et la retourna jusqu'à ce qu'il n'en reste plus que des cendres.

— Voilà qui est fait, conclut-il laconiquement.

M. du Couëdic se tourna vers son pupille.

— Jean, bien entendu, tu n'as jamais entendu parler de cette lettre.

— Une lettre ? qui a reçu une lettre ? interrogea Jean.

— Voilà qui va bien. Mes amis, je crois qu'il est trop tard pour rentrer chez vous. Jean et moi allons bien vous trouver des lits quelque part dans cette maison.

3

Huit jours plus tard, Jean s'en retournait à travers champs au Couëdic. Il escaladait les barrières et sautait les talus. Depuis ses premiers vagabondages, il avait établi qu'on allait plus vite par les champs que par la route. Dans deux semaines, ce serait Pâques. L'air était vif ; des nuages gris et blancs passaient sur un ciel d'un bleu éclatant ; partout les bourgeons des arbres s'ouvraient.

Jean avait vu deux beaux navires : un nantais qui appareillait pour Terre-Neuve et une goélette américaine arrivant de La Nouvelle-York[1]. Il marchait joyeusement, la tête pleine de rêves de navigations au long cours. Il se hâtait de rentrer car selon son

1. Aujourd'hui : New York.

habitude il s'était dispensé de demander la permission de se rendre au port et des devoirs l'attendaient. L'oncle du Couëdic lui avait donné la veille deux pages d'anglais à traduire. Il n'en avait même pas encore lu une ligne. Il était grand temps de s'y mettre. Jean ne craignait pas spécialement que son oncle se fâche, non, l'oncle du Couëdic était le tuteur le plus indulgent de la Terre, mais un travail bien fait lui ferait plaisir.

Il traversa le bois qui se trouvait derrière le manoir et entra dans la maison par la petite porte de l'office. Il n'y avait personne dans la cuisine. C'était étrange car la gouvernante et la cuisinière avaient l'habitude de veiller sur les denrées dont elles avaient la responsabilité comme Cerbère soi-même. Le feu était presque éteint. Jean souleva les couvercles des casseroles. Une chaude odeur de chou, de lard et de persil en monta. Les marmites étaient tièdes et pleines du potage destiné au souper. Comment les deux femmes avaient-elles laissé des marmites pleines sans surveillance ? On n'avait encore jamais vu cela... Quelqu'un était-il malade à la maison ?

Une voix d'homme et des bruits de pas se firent entendre à l'étage supérieur. Le garçon se sentit rassuré. Au moins, son oncle était là. Il lui expliquerait ce qui se passait. Jean grimpa l'escalier de la cuisine en quatre enjambées, traversa le couloir, frappa deux coups rapides à la porte du cabinet de travail et, sans attendre la réponse, ouvrit la porte. Il s'arrêta sur le seuil, saisi de stupeur... Tout était sens dessus dessous. Les armoires étaient béantes et leur contenu avait été jeté à terre. Les tiroirs du bureau était renversés sur le sol. On avait même descellé la plaque de la cheminée pour vérifier que rien n'était caché derrière.

Il y eut, du côté du perron, un bruit de piétinement de chevaux et plusieurs voix d'hommes s'interpellèrent. Jean sentit la peur l'envahir. Pendant un instant, il demeura immobile, incapable d'un geste. Puis, très lentement, posant les pieds avec des précautions infinies pour ne pas faire craquer le parquet, il s'approcha de la fenêtre. Il s'appuya contre le mur et risqua un coup d'œil de biais. Les dragons du roi ! Ils étaient douze environ, devant la maison, vêtus d'habits bleu de roi... Et au milieu d'eux, monté sur l'un de leurs chevaux, il y avait l'oncle du Couëdic, les poignets attachés. Jean fut suffoqué de surprise et de douleur. L'oncle du Couëdic, le meilleur et le plus honnête homme de la Terre, traité comme un voleur !

— À cheval ! ordonna celui qui semblait être le chef.

Les trois ou quatre soldats qui étaient à terre mirent le pied à l'étrier et se hissèrent en selle. La troupe prit le pas et, tournant le dos au manoir, s'éloigna en direction de la grand-route.

Jean, oubliant soudain sa peur, passa une jambe sur l'appui de la fenêtre, puis l'autre, et sauta sur le perron.

— Mon oncle ! Mon oncle du Couëdic ! appela-t-il, la voix déchirée.

L'oncle dont le cheval allait s'engager sous l'allée se retourna et vit son neveu debout devant la maison.

— Jean ! cria-t-il. Ce n'est rien ! Je vais revenir bientôt ! Ne quitte pas la maison...

Mais les soldats mirent leurs chevaux au trot et les chocs des fers contre les pierres du chemin empêchèrent Jean d'entendre la fin de la phrase. Les cavaliers disparurent dans l'ombre de l'allée.

Jean demeura devant la porte jusqu'à la nuit noire, guettant chaque bruit. Son oncle avait dit : « Je vais revenir bientôt. » Et si tout cela n'était qu'une erreur ? Peut-être l'oncle était-il déjà sur le chemin du retour ?... Sans y croire vraiment, Jean s'accrochait à cet espoir et épiait tous les bruits venant de la route. Pourquoi les dragons avaient-ils emmené l'oncle du Couëdic ? Il n'avait jamais causé aucun tort à personne... Était-ce à cause de la lettre d'Espagne ? Mais on l'avait brûlée, cette lettre. Il n'en restait rien. Plus aucune trace.

Dans les arbres voisins, les oiseaux excités par ce début de printemps s'étaient tus. Le silence était tombé sur le Couëdic. La gouvernante, le valet d'écurie et la cuisinière n'étaient pas rentrés et Jean devinait qu'ils ne reviendraient plus. Les dragons avaient une réputation effroyable, souvenir des répressions des révoltes bretonnes du temps passé. Souvenirs souvent rendus pires par les récits transmis de voisin à voisin et de génération à génération. Les trois domestiques avaient dû être terrifiés à l'idée d'être arrêtés en même temps que le maître. Jean frissonna. Une brume froide et humide était en train de monter. Jamais au cours de sa jeune vie, il ne s'était senti aussi seul. Si au moins la cuisinière était restée... C'était une grande et forte fille qui serrait parfois Jean contre sa vaste poitrine et l'embrassait comme s'il était encore un petit garçon. Ou Gwénola... Comme elle lui manquait, ce soir ! Pourquoi était-elle partie ?... Puis il songea au marquis de Pontcallec et il eut soudain l'impression que le poids de son angoisse diminuait. La solution était là ! demain, il irait voir Pontcallec dans sa maison de Nantes... Le marquis saurait sûrement pourquoi les dragons étaient venus. Et il saurait aussi faire libérer l'oncle... Transi de froid mais réconforté par cette dernière pensée, Jean rentra dans la maison et en ferma toutes les portes. Il descendit à la cuisine, alluma une chandelle, prit une cuiller en bois et, sans s'asseoir, mangea le pot-au-feu maintenant refroidi, debout devant l'âtre, directement dans la marmite. Il mangea vite, presque étonné de l'acuité de sa faim. Puis il se sentit brisé de fatigue. Il monta à sa chambre, se laissa tomber sur le lit et, malgré son anxiété et sa solitude, s'endormit profondément.

Le lendemain, au premier rayon du jour, prenant par les sentiers, il se mit en route pour Nantes. Il était encore de bonne heure quand il se présenta devant la maison de Pontcallec. Les volets étaient fermés. Jean frappa à la porte. Personne ne répondit. Il cogna plus fort, tambourina. En vain. Ah, çà ! tout le monde dormait donc encore dans cette maison ? Il recula de quelques pas, ramassa une poignée de graviers et les lança dans une fenêtre. Il appela :

— Monsieur de Pontcallec, ouvrez-moi !

La porte de la maison voisine s'entrouvrit. Un vieil homme sortit la tête.

— Cessez donc, malheureux ! Vous voulez attirer des ennuis à toute la rue ? Que lui voulez-vous, au marquis de Pontcallec ?

Jean courut vers cette porte qui venait de s'ouvrir et tourna vers le vieil homme un visage éperdu.

— Savez-vous où il est allé ? J'ai besoin qu'il m'aide. Les dragons sont venus hier chez nous et ils ont emmené mon oncle.

Le voisin fit plusieurs signes de croix.

— Ah, Jésus Seigneur ! Entrez, mon enfant ! Entrez vite ! Comment vous appelez-vous ?

— Je suis Jean du Couëdic. Savez-vous où est le marquis ?

Le vieux voisin réajusta avec soin la barre de bois qui bloquait sa porte et se retourna.

— Le marquis de Pontcallec, dit-il, a été arrêté hier.

Jean eut réellement la sensation que le sol se dérobait sous ses pieds. Il se laissa tomber sur un tabouret.

— Lui aussi ? demanda-t-il, la voix chavirée.

— Et d'autres encore.

— Qui donc ?

Les noms tombèrent comme des coups de massue :

— M. de Talhouët et M. de Montlouis.

Les quatre amis... Les philosophes des soirées du Couëdic ! Jean releva lentement la tête :

— Mais, pourquoi ? Que leur reproche-t-on ?

— Hélas ! le sais-je ?

La voix du vieux se fit soudain âpre.

— Je pense qu'on veut encore une fois intimider la Bretagne. Quatre de nos meilleurs gentilshommes arrêtés... ! Voilà de quoi faire peur à tous les mécontents.

— Savez-vous où ils sont ? demanda Jean.

— On les a conduits à la prison de Nantes.

— À la prison de Nantes..., répéta Jean comme un écho.

Le vieux voisin lut tant de douleur sur le visage de son visiteur qu'il fut saisi de compassion. Il chercha quelque chose qui puisse le rassurer.

— Ne vous effrayez pas tant, mon jeune seigneur. La situation de votre oncle, du marquis et de leurs deux amis n'est peut-être pas si mauvaise que vous le pensez. Leur rang les protège. Nobles hommes, ils ne peuvent être jugés que par leurs pairs du Parlement de Bretagne. Je ne sais pas ce qu'on leur reproche exactement mais je suppose qu'ils ont parlé trop haut de Bretagne et de liberté. Je connais le marquis depuis son enfance. Je suis Pierre Kergorlay, j'étais son précepteur... Mais, depuis quand condamne-t-on les gens pour leurs opinions ? Vous pensez bien que jamais des juges bretons ne condamneront des Bretons pour avoir souhaité, même tout haut, que leur pays soit un jour libre.

Jean leva sur le vieil homme un regard défait :

— Vous le croyez ?

Pierre Kergorlay le regarda dans les yeux :

— Je le crois.

4

L'opinion du vieux précepteur était celle de presque tous les Nantais. La nuit qui avait suivi l'arrestation de Pontcallec et de ses amis, la consternation s'était abattue sur toutes les maisons. Puis au matin, on réfléchit qu'aucun juge de Bretagne ne voudrait prononcer une condamnation contre eux. On s'effraya donc moins. On connaissait leurs opinions, mais ils n'avaient pas conspiré, ni pris les armes, ni appelé au soulèvement. Il n'y aurait pas de quoi rédiger trois lignes d'accusation contre eux. Les quatre amis seraient bientôt libres et les gens de Paris en seraient pour leurs frais et pour leur ridicule.

Jean, à demi rassuré par les paroles de Kergorlay, retourna seul au Couëdic. Il remit en ordre le cabinet de travail de l'oncle. Il ramassa les papiers épars et les reclassa aussi bien qu'il le put. Il constata que les soldats avaient emporté de nombreuses lettres ainsi que le manuscrit auquel son oncle travaillait depuis plus de dix ans : *Mémoire à propos de la République de Bretagne*.

Il s'installa un lit sur le divan du cabinet de travail. C'était dans cette pièce qu'il se sentait le plus proche de son oncle. Et c'était là qu'il avait le mieux l'impression de veiller sur la maison. Il ne voyait personne, que les fermiers voisins. La fermière donnait à Jean du pain et du beurre, et des œufs quand elle en avait.

Trois jours après l'arrestation, Jean retourna à Nantes. Il avait une idée en tête : aller à la prison et demander à voir son oncle. Il ne savait pas à qui il s'adresserait. Il ne savait pas si une telle chose était possible mais il était résolu à essayer. Il lui fallut une journée entière d'hésitations avant de prendre cette décision tant cette prison l'effrayait. Déjà, avant la venue des dragons au Couëdic, au temps où tout était simple et facile, il évitait de passer devant ce sombre bâtiment fermé où il lui semblait que tout le malheur et toute la misère du monde étaient enfermés.

Cinq dragons du régiment de Picardie montaient la garde devant l'épaisse porte close. Jean s'approcha le plus poliment qu'il put et ôta son chapeau.

— Messieurs, demanda-t-il, est-il permis de visiter les prisonniers ?

Les soldats, sur leurs gardes, ne répondirent rien et le toisèrent, l'œil méfiant. Jean eut la surprise de découvrir de la peur dans leur regard. Qu'avait-il donc d'effrayant pour ces hommes armés qui le dépassaient tous d'une tête et d'une demi-largeur ?

— Non ! dit enfin l'un des soldats. Passe au large !

— On ne demeure pas devant la prison, dit un autre. File donc !

Jean, déconcerté, ne bougeait pas. Celui qui avait parlé le premier abaissa brusquement vers lui la baïonnette de son fusil.

— Mort de tous les diables ! Vas-tu foutre le camp ?

Jean ne se le fit pas répéter. Il fit demi-tour et s'enfuit. Il tourna le coin de la rue et courut d'une seule traite jusqu'à la maison de Pontcallec. À bout de souffle, il frappa chez le vieux précepteur du marquis. Pierre Kergorlay le fit entrer et, selon son habitude, reverrouilla soigneusement la porte derrière lui. Jean était pâle comme un linge et le cœur lui battait à grands coups. Le vieil homme le fit asseoir, prit une cruche et versa de l'eau dans un verre.

— Calmez-vous, dit-il, buvez de cette eau, et lorsque vous vous sentirez mieux, racontez-moi ce qui vous est arrivé.

Petit à petit, dans cette maison fermée, près de cet homme attentif, l'émotion de Jean s'apaisait. Alors il conta à Kergorlay son expédition à la prison et comment les soldats l'avaient brutalement chassé.

— Je n'ai pas compris, dit-il, il m'a semblé qu'ils avaient encore plus peur de moi que, moi, je n'avais peur d'eux...

— Certainement, dit Kergorlay gravement, ils avaient peur de vous.

— Qu'ai-je donc pour leur faire peur ?

— Vous êtes un enfant breton. Qu'y a-t-il de plus menaçant pour ces soldats étrangers qu'un enfant breton ? Depuis l'arrestation du marquis et de ses amis, ils vivent chaque instant dans la peur d'un soulèvement. Tout ce qui est breton leur fait peur. Ceux que vous avez vus savent bien que, postés comme ils le sont devant la prison, ils seraient les premières cibles des insurgés. Et, qui sait ? avec votre gentil visage, vous auriez pu être un éclaireur pour des émeutiers...

Jean avait toujours connu la paix. Il n'avait jamais songé à cet aspect des choses.

— Croyez-vous que Nantes puisse se révolter pour sauver mon oncle et ses amis ?

Le vieil homme regardait le sol.

— Je crains que non, dit-il enfin.

Jean resta silencieux.

— Je ne reconnais pas, poursuivit Kergorlay, cet élan, cette atmosphère de totale insoumission qui régnait avant les grandes révoltes bretonnes. Je ne ressens que passivité et fatalisme. Sans doute, le temps des grandes révoltes est-il passé pour la Bretagne... Nous n'avons pas de chef. Pas de personnage qui donne envie de se faire tuer à ses côtés.

Pontcallec aurait pu l'être mais on l'a arrêté avant. La police du régent est bien faite. Et les soldats que vous avez vus sont très tendus car le procès du marquis et de ses amis s'ouvre après-demain.

— Ne m'avez-vous pas dit, demanda Jean, que mon oncle et ses compagnons n'ont rien à craindre du Parlement de Bretagne ?

— Je vous l'ai dit, oui.

Jean vit soudain passer sur le visage du vieil homme l'expression d'une intense angoisse.

— Que se passe-t-il ? demanda Jean soudain alarmé. Y a-t-il quelque chose de changé ? Dites-le-moi, je vous en prie !

Kergorlay parut soudain immensément las.

— Ils ne seront pas jugés par le Parlement de Bretagne, dit-il comme si chaque mot lui coûtait. Paris a décrété que les affaires de sédition seraient désormais jugées par une commission spéciale. Des juges de Paris sont arrivés aujourd'hui.

— Des juges de Paris ?

— Des juges, un président, un procureur du roi, des greffiers. Tout un tribunal.

Et après un silence, il ajouta :

— Un tribunal d'exception, décidé d'avance à trouver nos amis coupables.

— Pourquoi le régent s'acharne-t-il contre nous ? M. de Montlouis m'a dit que c'était un homme généreux.

— Il l'est. Il n'y a pas d'homme plus pardonnant. On l'appelle même « Philippe le débonnaire ». Il y a quelque temps de cela, on a voulu l'assassiner. Les conspirateurs ont été arrêtés. Il les a tous graciés. Ce n'est pas lui qui mène cette danse-là. Ce sont ses conseillers. Je sens ici la main de son ministre Dubois. Celui-là n'a pas plus de sentiments qu'un requin. La guerre contre l'Espagne s'annonce ; il ne veut pas avoir en plus du désordre en Bretagne sur les bras ; alors il assomme la Bretagne en frappant le premier.

— Croyez-vous que le régent le laissera faire ?

Kergorlay perçut beaucoup d'espoir dans la question de Jean. Il en fut ému et il hésita avant de répondre, puis il se décida, jugeant que la générosité ne consiste pas à laisser les gens se bercer de fausses espérances.

— Je crains, dit-il, que Dubois n'ait utilisé le seul argument capable de convaincre le régent de laisser commettre cette infamie.

— Lequel ?

— La raison d'État.

— Que voulez-vous dire ?

— Le régent veut, au-dessus de toute chose, remettre à Louis XV, au jour de sa majorité, un royaume en paix à l'intérieur de ses frontières et intact à l'extérieur. L'arrestation et le procès de nos amis, c'est l'intimidation de toute la Bretagne. Sans doute pour longtemps. Louis XV héritera d'une Bretagne calme.

Il y eut un moment de silence, puis Kergorlay reprit :

— Toutefois, il leur reste une chance.
Jean leva vivement les yeux :
— Laquelle ? Dites-moi vite, Kergorlay...
— On n'a rien à leur reprocher.

5

Deux jours plus tard, les dragons du régiment de Picardie prirent position sur toutes les places de Nantes et à toutes les portes de la ville. Pontcallec, Montlouis, Talhouët et du Couëdic comparaissaient devant le tribunal d'exception. Et, comme l'avait annoncé Kergorlay, les juges se trouvèrent embarrassés devant cette cause dans laquelle il n'y avait pas de témoins, pas de preuves, pas d'aveux, pas même de chef d'accusation. Les accusés ne faisaient pas mystère de leurs opinions. Ils souhaitaient profondément et sincèrement l'indépendance et l'établissement d'une république en Bretagne. On avait saisi dans leurs demeures des lettres et des papiers, dont le mémoire de l'oncle du Couëdic, qui en faisaient état. Ils reconnurent sans hésiter les avoir écrits. Toutefois, ils n'avaient pas appelé la population au soulèvement et ils n'avaient pas pris les armes contre les représentants du roi de France. On avait beau multiplier les audiences, on en restait vaille que vaille au crime d'opinion.

Le troisième jour du procès, le président, un magistrat à tête de fouine qui avait pour principe qu'il ne faut jamais laisser traîner en longueur les affaires délicates, déposa une lettre sur la table du tribunal et pria les accusés de l'examiner. Ils crurent tomber des nues : c'était une copie fidèle de la lettre que Pontcallec avait reçue de Philippe V d'Espagne et qu'on avait si soigneusement incinérée dans la cheminée du Couëdic.

— Reconnaissez-vous cette lettre ?

— Comment est-elle venue entre vos mains ? interrogea le marquis de Pontcallec avec un infini mépris. Par quelque traître ? Par vos espions et vos agents doubles infiltrés à la cour d'Espagne ? Par ceux-là mêmes qui me l'ont envoyée, peut-être ?

— Vous n'avez pas à poser de questions mais à y répondre. Avez-vous reçu il y a dix jours une lettre semblable à celle-ci ?

— Vos dénonciateurs sont bien informés et je comprends maintenant le piège. Je pourrais vous répondre que non, mais je suis gentilhomme et je ne mentirai pas, même si cela pouvait me sauver la vie. J'ai reçu une lettre comme celle-ci.

Le magistrat se tourna vers Montlouis, Talhouët et du Couëdic.

— Avez-vous eu aussi connaissance de cette lettre ?

— Nous en avons eu connaissance, répondirent-ils.

— Savez-vous que l'Espagne est déclarée pays ennemi de Sa Majesté ?

— On est responsable des lettres qu'on écrit, dit Montlouis, pas de celles qu'on reçoit.

— Qu'avez-vous fait de cette lettre ?

— Nous l'avons brûlée, dit Pontcallec.

— Pour quelle raison ?

— C'était tout ce qu'elle méritait.

— Comment saurai-je que vous n'y avez pas donné de réponse ?

— Parce que je vous le dis, dit Pontcallec.

— Comment pouvez-vous le prouver ?

— Je vous le répète : nous sommes gentilshommes. Si nous donnons notre parole, il n'est pas besoin de preuves. Toutefois, je vois aujourd'hui que cette lettre n'était qu'un traquenard ourdi par vos maîtres. Nous avons fait notre devoir, faites votre métier.

Le matin du mercredi saint, le tribunal entra en délibération. Le président ouvrit la séance en rappelant à ses confrères qu'« en matière de trahison, l'intention vaut l'action ». La séance, houleuse, dura la matinée entière derrière des portes closes, certains juges éprouvant tout de même quelque répugnance à condamner des hommes à qui on ne pouvait reprocher autre chose que des conversations. Toutefois, à la fin de la matinée, à quelques voix de majorité, les magistrats déclarèrent les accusés coupables « de projets de crimes et de lèse-majesté, et de plans de félonie », la sanction était la mort et la déchéance des droits seigneuriaux. La nouvelle fut rendue publique à midi.

Jean se trouvait chez Pierre Kergorlay. Ensemble, dans l'angoisse, ils attendaient la décision du tribunal. Un ami de Kergorlay vint en courant apporter la terrible nouvelle alors que les coups de midi finissaient seulement de sonner. Jean eut la surprise de voir son vieil ami se lever avec énergie.

— Secouez-vous, Jean ! Ce n'est pas le moment de nous laisser aller à l'accablement.

— Que pouvons-nous faire ?

— Nos amis sont condamnés mais pas exécutés. Et ils ne sont pas près de l'être.

— Comment cela ?

— Il n'y a plus de bourreau à Nantes. Ces messieurs de Paris ne vont pas tarder à s'en apercevoir.

Trois jours plus tôt, des conciliabules s'étaient tenus entre les amis de Pontcallec et le bourreau de la ville. À la suite de quoi, le bourreau et son aide avaient purement et simplement mis la clef sous la porte. Ils avaient quitté Nantes avant même que le jugement fût rendu, ne voulant pas courir le risque d'avoir à officier sur leurs compatriotes.

Le tribunal envoya un sergent avertir l'exécuteur

d'avoir à se tenir prêt. Le sergent trouva la porte close et les volets fermés. Une voisine l'informa que le bourreau était absent depuis au moins trois jours. Savait-on où il était allé ? Non, personne dans la rue ne l'avait vu partir. Il avait ses parents dans un village près de Guérande... Il fallait peut-être le chercher par-là...

— Comprenez-vous, Jean ? dit Kergorlay tandis qu'ils descendaient tous deux en courant presque les ruelles de la vieille ville, il n'y a plus de bourreau à Nantes. On n'en trouvera pas non plus dans les autres villes de Bretagne. Ces messieurs les chats fourrés devront se fournir en bourreaux dans une autre province. Cela prendra plusieurs jours... Nous sommes dans la semaine sainte. Dans notre Bretagne si catholique, ils ne prendront pas le risque de faire exécuter des patriotes pendant les fêtes de Pâques. Il y aurait de quoi déclencher une révolution... C'est au moins six jours que nous avons devant nous.

— Qu'allons-nous en faire ? demanda Jean. Et où allons-nous ?

— La grâce du régent, Jean, nous allons demander la grâce du régent ! Nous allons chez Talhouët, ses deux frères partent dans les minutes qui viennent pour Paris. Deux jours pour aller, une journée pour voir le régent, deux jours pour revenir... Toute la noblesse, tous les membres du Parlement ont signé la demande de grâce. Je ne puis croire que Philippe d'Orléans la refuse, qu'il laisse accomplir ce déni de justice...

Gildas et Paul de Talhouët, âgés de seize et dix-sept ans, étaient déjà à cheval. Des amis les entouraient. Chacun avait payé afin que les deux garçons puissent changer de cheval autant de fois que nécessaire. « Surtout, leur recommandait-on, soyez de retour dimanche. Lundi, à l'extrême limite ; ce sera lundi de Pâques, il ne se passera rien ce jour-là ; mais, à partir de mardi, le pire peut arriver... – Nous ne nous arrêterons pas un instant, répondirent les deux frères, et, dimanche, nous rapporterons la grâce du régent. – Dieu vous entende et vous garde », dirent tous ceux qui étaient là.

Les deux jeunes hommes éperonnèrent leurs chevaux et partirent dans un train d'enfer. Jean et Kergorlay les regardèrent disparaître derrière un nuage de poussière.

— Dieu les aide..., murmura le vieux précepteur. Maintenant, Jean, vous et moi, nous devons aller au Couëdic.

Jean s'étonna :

— Qu'avons-nous à y faire ?

— Les papiers de votre oncle, Jean ! Les dragons ont-ils tout emporté ?

— Non. Ils ont tout jeté à terre mais ils n'ont pris que le mémoire et des lettres. J'ai ramassé ce qu'ils ont laissé et je l'ai rangé dans l'armoire du cabinet de travail.

— Votre oncle était imprudent de conserver tout cela chez lui. On peut tout craindre de ces charognards de Paris. Une nouvelle perquisition est possible à tout moment. Nous allons obtenir la grâce de votre oncle mais il ne faut pas qu'on trouve dans ses archives de quoi rouvrir son procès. Vous et moi allons faire disparaître tous ses papiers. Les frères Talhouët et Mme de Montlouis ont fait de même. Et j'ai brûlé hier tous ceux du marquis.

— Tous ?

— Même ses notes de blanchisserie. Le moindre papier me fait peur en ce moment.

Kergorlay ne savait pas marcher aussi vite que Jean à travers champs. Ils firent le détour par la route et ne furent au Couëdic qu'au milieu de l'après-midi. La maison était paisible et baignée de soleil au bout de son allée de tilleuls. Jean sentit des larmes lui venir aux yeux.

— Comme tout est tranquille ! dit-il. On pourrait presque croire...

Le vieux précepteur lui posa une main sur l'épaule et termina la phrase à la place de son compagnon :

— On pourrait presque croire que rien de tout cela n'est arrivé. Ne vous tournez pas vers le passé, Jean. Croyez-moi, pendant les minutes où vous serez dans vos souvenirs, vous vous sentirez mieux. Mais après, vous souffrirez deux fois plus. Ne pensez qu'à l'avenir et à sauver votre oncle.

Ils sortirent de l'armoire tous les papiers de l'oncle du Couëdic.

— Maintenant il faut les brûler, dit Kergorlay.

— Est-ce vraiment nécessaire ? Ne peut-on les cacher ?

— Connaissez-vous une cachette sûre ? J'entends : totalement sûre ?

Jean réfléchit un instant.

— Le dolmen, dit-il. Dans la forêt, derrière la maison, il y a un dolmen à moitié enterré. Il n'y a que mon oncle et moi qui le connaissons.

— Les braconniers n'y vont pas ?

— Non, c'est un mauvais endroit pour le gibier.

— Alors, va pour le dolmen.

Ils enfermèrent les papiers de l'oncle dans une cassette en fer, Jean passa dans le bûcher pour y chercher une pioche, puis tous deux s'enfoncèrent dans la forêt. Le vieil édifice de rochers, presque caché sous les ronces, semblait en effet le lieu le plus oublié du monde. Jean creusa un trou au pied de la plus grande pierre. Ils y enfouirent la cassette, la recouvrirent de terre, piétinèrent l'endroit et le couvrirent de feuilles mortes de l'hiver passé.

— Voilà qui va bien, dit Kergorlay. Personne ne trouvera jamais ces papiers ici. Retournons, Jean. Il ne doit guère rester plus de deux heures de jour et je dois encore faire tout le chemin pour retourner à Nantes.

Jean s'inquiéta de la fatigue visible du vieux précepteur.

— Ne voulez-vous pas dormir ce soir au Couëdic, monsieur Kergorlay ?

— Non, j'ai déjà l'impression de m'être trop longtemps éloigné de Nantes. Je crains ces juges comme la peste. C'est sans doute ridicule mais j'ai moins peur pour nos amis quand je suis plus près d'eux.

— J'ai le même sentiment que vous. Je ne voudrais pas coucher loin de mon oncle, cette nuit. Je retournerai avec vous et je dormirai dans votre maison, si vous le voulez bien.

— Vous serez le bienvenu. Alors, en route, Jean.

Le vieil homme était épuisé. Son souffle s'était fait court. Jean ralentit volontairement leur marche durant le trajet du retour, aussi faisait-il nuit noire quand ils arrivèrent au premier village des faubourgs de Nantes. Il y avait dans ce hameau une taverne fréquentée par les rouliers et les colporteurs. Jean insista pour que Kergorlay s'assît un moment, et qu'il mangeât et bût quelque chose.

— Vous avez raison, Jean, dit le précepteur qui ne songeait même plus à dissimuler sa fatigue. Reposons-nous un moment. Nous sommes bientôt arrivés...

On posa devant eux du pain, du beurre salé, une jatte de soupe, quand, soudain, un lointain roulement de tambour leur fit lever la tête.

— Cela vient de la ville ! dit Kergorlay. Qu'est cela ? Des troupes qui sortent ? À cette heure ? Y aurait-il émeute ?

— Non, dit Jean qui écoutait avec une attention extrême. Les tambours ne battent pas la générale, mais la retraite. Ce sont au contraire des troupes qui rentrent.

— Des troupes qui rentrent ? Si tard ? Que s'est-il passé cet après-midi ?

Kergorlay se leva précipitamment et sortit de l'auberge. Sur la route, trois hommes qui venaient de la ville surgirent de l'obscurité et s'approchèrent du cabaret.

— À boire ! cria l'un d'eux. À boire à la santé de notre pauvre Bretagne ! Et à la mémoire de Pontcallec, si beau, si jeune, si plein de cœur ! Que maudits soient ceux qui l'ont trahi ! Et que rôtissent en enfer pour l'éternité les juges de Paris !

Kergorlay saisit le bras de l'homme et le lui serra à le briser.

— Que dites-vous ? Qu'est-il arrivé à Nantes ? Que parlez-vous de mémoire et de Pontcallec ?

— Ce qui est arrivé à Nantes ? Il est arrivé qu'on a ce soir coupé le cou au marquis de Pontcallec et à ses amis. De toute apparence, ces charognes du tribunal – Dieu les damne ! – étaient fort pressées. Ho ! ami tavernier, mon frère breton, compagnon de misère, à boire ! Ce que tu veux du moment que c'est fort ! Sans cela mes compagnons et moi allons mourir de douleur...

— Mais c'est impossible ! cria presque Kergorlay. Il n'y avait pas de bourreau !

— Pas de bourreau... Pour cela que ça les gêne, nos bons juges français ! Il faut croire qu'ils avaient prévu que des bourreaux bretons ne voudraient pas couper des cous bretons car à quatre heures après dîner, un coche est arrivé de Paris amenant deux maîtres bourreaux et leurs aides. Et ils savaient leur métier car ils ont fait leur affaire au marquis et ses amis en moins de temps qu'il ne faut pour dire une dizaine de chapelet.

Kergorlay se laissa tomber sur le banc qui se trouvait devant l'auberge.

— Fatalité ! murmura-t-il.

Le président du tribunal avait bien songé que, dans une telle affaire, les exécuteurs locaux lui feraient mille manières. Aussi, anticipant la décision de ses juges, il avait demandé qu'on lui envoie de la capitale des bourreaux fiables. Il les attendait la veille mais l'essieu de leur coche s'était rompu du côté de Châteaubriant et ils avaient pris du retard. Toutefois, quand ils arrivèrent, il était encore temps de procéder à l'exécution le soir même, ce qui évitait l'inconvénient d'avoir à attendre la fin des fêtes de Pâques et, surtout, empêchait de laisser monter la colère des Nantais.

Vers quatre heures, on vint annoncer au marquis et ses amis qu'il leur était accordé deux heures pour mettre en ordre leurs affaires temporelles et spirituelles. Ils devaient ensuite se rendre à la place du Bouffay pour l'exécution de leur peine.

Peu après les coups de six heures, accompagnés du sombre roulement des tambours et de la douleur de toute une ville, Pontcallec, Montlouis, Talhouët et du Couëdic montèrent sur un échafaud drapé de toile noire.

On confia leurs corps à des religieux. Les quatre

compagnons furent enterrés après la nuit tombée dans le petit cimetière d'une chapelle. Un prêtre bénit rapidement les tombes. Il n'y eut même pas de messe. On n'inscrivit pas non plus leurs noms sur les croix de bois qui furent plantées devant leurs tombes, le gouverneur de Nantes ne voulant pas que le modeste jardin devienne un lieu de pèlerinage pour la cause bretonne.

Quatre jours plus tard, le dimanche de Pâques, un cavalier monté sur un cheval blanc d'écume parcourut au galop la route qui va d'Ancenis à Nantes. À quelques centaines de pas des portes de la ville, le cheval trébucha et tomba. Le cavalier l'éperonna férocement. Le brave animal se releva, fit encore quelques foulées de trot, puis s'abattit de nouveau pour ne plus se relever. Le cavalier, si gris de poussière qu'on ne distinguait plus son visage, partit alors à pied, courant vers Nantes. C'était Paul de Talhouët qui rapportait la grâce signée par le régent. Le cheval de Gildas était tombé quelques heures plus tôt. Paul avait terminé seul leur course folle.

6

Le lendemain de l'exécution, Jean retourna au Couëdic. Kergorlay, qui avait vieilli de dix ans en une nuit, lui proposa de demeurer quelque temps dans sa maison.

— Nous nous sentirions moins seuls..., dit-il.

Jean secoua la tête.

— Je dois veiller sur la maison de mon oncle. C'est même la dernière chose qu'il m'a dite quand les dragons l'ont emmené.

— Vous avez raison, Jean, dit Kergorlay, rentrez chez vous... Je viendrai vous voir dans quelques jours.

Le vieil homme regarda le garçon s'éloigner. Jean allait tourner le coin de la rue quand Kergorlay soudain le rappela :

— Jean !

Le vieux précepteur courut derrière son jeune ami et lui posa la main sur l'épaule.

— Jean, parfois, dans votre vie, vous aurez l'impression que le monde devient fou et que les portes se ferment devant vous. Dites-vous alors que ce n'est qu'une première vie qui s'arrête et qu'une autre est déjà en train de commencer...

Il regardait le jeune garçon avec émotion :

— À bientôt, Jean...

— À bientôt, Pierre, répondit Jean avec une grande douceur.

Puis Kergorlay se détourna brusquement et rentra chez lui.

*
* *

Jean, au Couëdic, restait seul. Il évitait même la ferme maintenant. Il percevait une réticence chez les fermiers. Il devina qu'ils avaient peur. Ah, bien oui ! il était désormais « le neveu au condamné », une fréquentation hasardeuse... Jean cessa d'y aller. Il se contenta pour manger de ce qu'il trouvait dans la resserre de la cuisine. Ça lui était bien égal. Tout lui était égal désormais. Il dormait beaucoup et songeait sans cesse aux derniers jours des quatre amis. Il ne parvenait à penser à rien d'autre. « Jean, ce n'est rien... ! », il entendait encore les derniers mots de son oncle s'éloignant au milieu des soldats. Alors que sa vie était en train de basculer, l'oncle du Couëdic n'avait songé qu'à rassurer son neveu...

Un matin, dans son sommeil, Jean crut entendre des bruits de bois brisé et des voix d'hommes devant la maison. Il songea à travers son assoupissement qu'il faisait un cauchemar, qu'il rêvait de l'arrestation de son oncle... Il fit un violent effort pour s'éveiller. Il s'assit d'un seul coup sur son lit en ouvrant les yeux. Il faisait grand jour derrière les volets fermés. Et les craquements et les voix qui venaient du jardin étaient bien réels.

Jean ouvrit un volet de la largeur d'un pouce et regarda au-dehors. Les dragons étaient là. Devant la maison. Étrangement, cette fois, il n'eut pas peur. Il songea seulement que Kergorlay avait vu juste quand il avait annoncé que les soldats reviendraient, et qu'ils avaient bien fait, tous les deux, d'enterrer les papiers de l'oncle. Ceux-là, au moins, ces salauds ne les voleraient pas.

Jean suivit des yeux deux hommes qui marchaient vers l'allée, chacun portant une hache sous le bras. Que pouvaient-ils aller chercher par là-bas ? Corvée de bois ? Ils avaient donc l'intention de camper ici ? Les deux hommes s'arrêtèrent à l'entrée du chemin, ôtèrent leurs habits bleus et remontèrent leurs manches de chemise. Ils se postèrent de part et d'autre du premier arbre, maintenant couvert de jeunes feuilles vert tendre et, à coups de cognées, puissants, réguliers, frappant tour à tour, ils commencèrent d'entailler le tronc de l'arbre à hauteur d'homme.

Jean eut la sensation que son sang se mettait à bouillonner. Les arbres de l'oncle ! les tilleuls de son allée, objets de tous ses soins et de toute sa tendresse ! Ces fumiers étaient en train de couper les arbres de l'oncle du Couëdic !

Il jaillit hors de la maison et dévala les marches du perron comme un furieux. Il courut au soldat le plus proche et se jeta contre lui de tout son poids et de toute sa rage. Il se pendit à son bras et le lui tordit pour lui faire lâcher sa hache. Il s'écria :

— Que faites-vous ? Vous êtes donc tous fous ? Laissez cet arbre, vous m'entendez ?

Le dragon, surpris par cette attaque, trébucha et manqua tomber, mais son compagnon saisit Jean par l'épaule et d'une forte secousse l'envoya rouler à terre.

— Nous accomplissons les ordres du roi, mon petit ami, dit-il, vous feriez bien de nous laisser faire.

Il cracha dans ses mains, leva sa cognée et donna encore deux coups qui résonnèrent. Le bois craqua et le tilleul se pencha, d'abord lentement, puis de plus en plus vite, et il s'abattit sur le sol dans un grand bruit de feuillage agité et de branches brisées. Jean, horrifié, ne pouvant y croire, regarda comme un cauchemar la chute de l'arbre. Quand le tilleul fut à terre, il eut un rauque cri de rage et bondit contre le soldat, le frappant de ses poings et de ses pieds :

— Arrêtez ! Ce n'est pas possible que le roi ordonne de couper les arbres.

Le dragon, aidé de son compagnon, essayait de se dégager et de retenir à bout de bras le gamin furieux qui s'accrochait à ses basques et le bourrait de coups de pied et de coups de poing.

— Par la mort-diable, s'exclama le soldat, il est enragé, ce drôle !

Soudain, une voix forte et hautaine, une voix habituée à donner des ordres, s'éleva derrière Jean.

— Alors ? Le roi se trompe quand il rend ses jugements ?

Jean, hors d'haleine, se retourna. Les deux hommes le lâchèrent. Le lieutenant des dragons, monté sur un haut cheval bai, se tenait derrière lui. Jean frémit de haine. Il venait de reconnaître l'officier qui commandait, le jour où on était venu arrêter l'oncle.

— Qui êtes-vous ? demanda l'officier.

— Jean du Couëdic.

— Eh bien, écoutez, Jean du Couëdic !

Le lieutenant déplia une feuille de papier et lut :

— « Le sire du Couëdic étant déclaré coupable de projets de crimes et de lèse-majesté, et de plans de félonie sera décapité. Les murailles et fortifications de son château seront démolies, ses marques de seigneuries abattues et ses bois de haute futaie et avenue taillés à la hauteur de six pieds. » C'est la copie du jugement, mon petit ! Vous vous rendriez coupable de rébellion en vous opposant à son exécution. Aussi je vous conseille vivement de n'en rien faire.

L'officier se tourna vers ses soldats et tonna :

— Holà, mes hommes ! Du cœur à l'ouvrage ! Coupez les arbres de l'allée et encore ceux qui sont derrière la maison ! Un peu de diligence sinon nous serons encore là ce soir !

Jean, comme un moment plus tôt quand il avait aperçu les dragons par la fente du volet, eut le sentiment qu'un voile rouge passait devant son regard. La colère grandit en lui comme une flamme. Avant que personne n'ait eu le temps de prévenir son geste, il bondit contre l'officier et le jeta à bas de son cheval. Le lieutenant tomba sur le dos et roula dans la boue et sur les pierres du chemin. Jean, crachant et mordant comme un chat sauvage, lui sauta sur l'échine, le saisit par le col de son manteau et le secoua de toutes ses forces.

— Cela ne vous suffit pas d'avoir pris la vie de mon oncle ? Il vous faut encore tuer tous ses arbres ? Jamais je ne vous laisserai faire ! Jamais !

Pauvre petit Jean ! Il n'avait pas fini sa phrase que six soldats l'empoignaient par les bras et par le col pour dégager leur chef. Jean se débattait comme un furieux et frappait comme un possédé mais il n'avait pas plus de chance d'échapper à leurs poignes qu'un chaton happé par six dogues.

— Que fait-on de cet enragé, mon lieutenant ? demanda l'un des soldats quand ils eurent réussi à immobiliser le gamin déchaîné qui continuait d'essayer de mordre et de frapper à coups de pied.

Un des Goliaths, qui avait le cœur tendre, dit :

— Il a bien du malheur, ce petit, mon lieutenant. Ce serait une bonne action devant la Sainte Vierge de le laisser se sauver.

L'officier s'était relevé. Il tenta de brosser avec la main la boue qui maculait son manteau, ce qui eut pour effet de l'étaler encore un peu plus. Il songea un instant. Il jeta sur le garçon un regard froid, et ordonna :

— À la prison de Nantes !

7

On fit entrer Jean dans cette prison devant laquelle il avait ressenti tant de peur le jour où il avait voulu voir son oncle. Il faisait déjà presque nuit. On lui fit monter trois étages par un escalier à peine éclairé par la lanterne du gardien. On le poussa dans une pièce dont il ne vit presque rien. Le fracas des verrous lui parut assourdissant et interminable. Il se laissa tomber sur quelque chose qui dans l'obscurité ressemblait à un lit de camp.

Au matin, quand le jour commença d'éclairer la cellule, il découvrit avec une sorte de soulagement que la prison était plutôt moins sinistre à l'intérieur que du côté de la rue. La pièce où on l'avait enfermé n'était pas trop petite, six pas entre la porte et la fenêtre, cinq pas entre le mur et la paillasse. La paille de la couchette était propre. Située au dernier étage, la cellule n'était pas humide et même assez bien éclairée par une fenêtre située haut et munie de barreaux. La fenêtre était tournée vers l'estuaire. En montant sur une table de bois, on pouvait voir, au-delà du rempart, dans la brume de l'aube, le fleuve et les bateaux au mouillage.

La prison était tenue par les époux Roubau. Le père Roubau était avare, la mère Roubau revêche, mais Jean comprit rapidement que ce n'étaient pas des gens particulièrement méchants ni durs pour les prisonniers.

Deux fois par jour, on portait à Jean du pain gris et de la soupe. Le dimanche, du pain blanc. Un matin sur deux, il avait droit à un seau d'eau claire pour se laver. Après quelques jours, on lui donna aussi une paire de draps de grosse toile, et une chemise propre un jour sur trois. Puis le père Roubau l'autorisa à sortir chaque après-midi pour une promenade. Ils faisaient alors ensemble le tour du chemin de ronde. « Je ne vais pas te faire descendre jusque dans la cour pour me remonter ensuite tous les étages, non ? avait décrété Roubau, le rempart te suffira ; à moins qu'il ne te pousse des ailes ou que tu ne te casses le cou sur les rochers, tu ne te sauveras pas par là. » Jean se félicita silencieusement de cette décision du geôlier. Dans la cour, certes, on voyait parfois un peu de monde mais on n'apercevait qu'un bout de ciel en renversant la tête. Sur le rempart, on recevait en plein le vent du large et on pouvait voir la Loire et les bateaux qui y passaient.

Ces promenades quotidiennes donnèrent naissance à une certaine camaraderie. Le père Roubau n'était pas mauvais bougre. Il était bavard et aimait les grasses plaisanteries de deux sous. « Une licorne et une femme parfaite sont enfermées dans la haute tour d'un château, pourquoi n'est-ce pas possible ? – Parce qu'une licorne, ça n'existe pas, proposait Jean. – La licorne, on n'en sait rien, mais la femme parfaite, ça, on est bien sûr que ça n'existe pas. » Et Roubau riait en se tapant sur les cuisses. Au début, Jean s'efforçait de rire aussi, par politesse, puis il finit par prendre plaisir à ces bouffonneries qui étaient un agréable antidote à la solitude.

En revanche, Jean comprit dès la première seconde qu'il déplaisait à la Roubau. Elle entrait brusquement dans sa cellule, posait la gamelle sur la table sans jamais regarder le garçon au visage, effectuait quelques tâches de ménage en grommelant et sortait sans une parole. Elle n'appelait jamais Jean autrement que « la graine de noble ». Jean, lors de ses passages, se tenait debout contre le mur, prudemment silencieux. Il se demandait ce qu'il avait bien pu faire à la geôlière... Apparemment, elle n'aimait pas les gens nés dans la noblesse. Ou alors, elle était loyale sujette du roi de France et elle n'aimait pas les patriotes bretons... Puis Jean conclut après réflexion que la Roubau n'avait pas l'air de quelqu'un qui pense beaucoup. Tout simplement, elle n'aimait pas monter les étages. L'étage le plus élevé semblant alloué aux prisonniers de noble extraction, elle reprochait à Jean ce travail supplémentaire.

Un jour, Jean s'enhardit et demanda au père Roubau si son ordinaire à la prison – la cellule propre, les draps, la soupe presque chaude, la promenade – était le lot de tous les prisonniers. Le geôlier s'esclaffa :

— Ah, est-il farce, ce gamin ! Des draps et la promenade pour la racaille des rues ? Et puis quoi, encore ? Non, mon gars ! Tu es de bonne naissance, toi. On ne met pas les nobles dans la geôle commune, c'est le règlement. Et puis, il faut croire que tu as quelques amis en ville car figure-toi qu'on est venu me trouver pour toi. Une dame. Et belle, encore ! Oui, mon gars ! Elle avait le visage sous un voile noir mais elle venait du beau monde, je m'y connais, distinguée, jolie voix et tout... Farceur, va ! Alors, comme ça, les dames de la noblesse en pincent pour ta tête d'ange ?

Il ajouta d'un ton sentencieux :

— Profites-en, crois-moi, fils, cela ne dure qu'un temps... Tu ne me crois pas ? tu verras, un jour, tu diras : « Roubau avait bien raison... » Donc je disais qu'une dame est venue demander après toi... Et puis un vieux aussi, l'air d'un corbeau triste... Ils voulaient te voir mais j'ai dû refuser. Tu es au secret, pas vrai ? Alors ils m'ont payé en bonnes pièces – Roubau fit sonner son gousset – ce qu'il faut pour les promenades et les chemises propres. Et Roubau est honnête homme, quand il prend l'argent, il rend le service...

Jean ressentit de la chaleur au cœur d'apprendre qu'en ville ses amis pensaient à lui. Il eut un élan de reconnaissance pour le bon et fidèle Kergorlay – le corbeau triste –, mais qui était la dame en noir ? Sans doute Mme de Montlouis. Elle avait deux enfants. Elle aussi devait bien souffrir ces jours-ci...

Jean demanda soudain :

— Vous avez dit que je suis au secret ?

— Dame, et comment ! Jusqu'à ce que tu passes en jugement. Tu as quand même roulé dans la boue devant tous ses hommes un lieutenant des dragons. Entre nous, ce devait être un plaisant spectacle que je regrette d'avoir manqué... Qui croirait cela en te voyant ? Toi qui as l'air tout fluet. Fallait-il que tu sois en colère !

— Pourquoi a-t-il coupé les arbres de mon oncle ? demanda Jean en regardant le sol. Ils n'avaient rien fait, eux !

— Pas besoin d'avoir fait quelque chose avec les juges, répondit Roubau. C'est toujours les plus faibles qui trinquent, parfois même les arbres...

Roubau, soudain pensif, fit quelques pas, les yeux fixés sur le sable du chemin de ronde.

— Ça m'a fait de la peine, dit-il enfin, ce qui est arrivé à ton oncle... Vraiment, ça m'a fait de la peine. C'est pitié de raccourcir un homme pour si peu de chose. Mais pourquoi aussi a-t-il dit tant de bêtises ? S'il y tenait tant, à toutes ses idées, ces sornettes d'égalité et de liberté... il n'avait qu'à les penser ! Pas les dire ! Encore moins les écrire ! Les juges de Paris ne lui auraient pas ouvert la cervelle pour aller regarder dedans. C'était un brave homme, ton oncle, un savant, et pas fier avec le monde. Je le sais, je lui ai parlé tous les jours quand il était ici. Et courageux avec ça. Il n'a pas tremblé quand il a monté le dernier escalier, celui qui mène au billot. Tranquille et droit comme à la promenade...

Jean sentit les larmes lui monter aux yeux. Il éprouva un profond élan de gratitude pour le père Roubau. C'était la première fois depuis son arrestation qu'on lui parlait de son oncle. Et c'était aussi la première fois qu'on lui décrivait les derniers instants de M. du Couëdic. De savoir que l'oncle n'avait pas tremblé en marchant à l'échafaud, il ressentit un soulagement profond. Pour la première fois, il lui sembla qu'il souffrait moins.

8

Jean, dans sa cellule du troisième étage, au secret, c'est-à-dire sans papier ni plume, sans livres et sans visites, se sentait plus seul qu'un naufragé sur son rocher et oublié du monde entier, à l'exception de Kergorlay et de la dame en noir... Or il était à mille lieues d'être oublié. Son incarcération faisait même très grand bruit à Nantes.

Les juges de Paris, leur besogne terminée, avaient refait leurs malles et étaient rentrés chez eux. Le gouverneur de Bretagne s'était donc retrouvé seul avec, d'un côté, la ville de Nantes ulcérée, prête à entrer en ébullition à la première anicroche offensant l'honneur breton, et, de l'autre, le régiment de Picardie, la main sur le fusil, craignant à tout instant d'être la première cible d'une révolte. Et voilà qu'une véritable bombe venait rouler au milieu de tout ça : le neveu du Couëdic, un enfant, avait malmené un lieutenant des dragons, l'avait jeté à terre et roulé dans la boue.

L'état-major des dragons vint tonitruer chez le gouverneur et exiger une peine exemplaire. Le gouverneur répondit que si le garçon n'avait pas été noble, il l'aurait déjà fait pendre. Toutefois, ce jeune homme appartenait à une très ancienne famille de Bretagne ; l'usage exigeait qu'il soit jugé par ses pairs du parlement. Le gouverneur s'excusait mais il n'avait pas tous les jours un tribunal d'exception sous la main... Toutefois, que messieurs les officiers ne s'inquiètent pas, il allait faire réunir le Parlement au plus vite et veiller à ce que la loi soit appliquée dans toute sa rigueur.

Le lendemain, ce furent les nobles de Bretagne qui débarquèrent en tempêtant et exigeant que le jeune du Couëdic leur fût rendu. N'était-ce pas assez d'avoir sacrifié l'oncle, fallait-il encore s'en prendre au neveu ? Si l'on touchait un cheveu de ce garçon, ce serait l'étincelle, le feu aux poudres... La noblesse et le peuple de Nantes entreraient en révolte ouverte. Le gouverneur prodigua des paroles apaisantes, annonça que le sort du jeune du Couëdic relevait de la décision des hommes nobles de Bretagne. Il ne s'agissait pour cela que de réunir le Parlement.

Puis le digne homme contacta en secret quelques amis qu'il avait parmi les parlementaires en question et leur demanda de veiller à ce que le quorum[1] ne soit jamais atteint au sein de leur assemblée. Un jugement trop favorable à Jean déclencherait la fureur et les représailles des dragons. Mieux valait pas de jugement du tout. Le régiment de Picardie serait bien un jour envoyé quelque part ailleurs qu'en Bretagne, n'est-ce pas ? On pourrait alors faire sortir le garçon avec discrétion. Pour l'instant, il était fort judicieux de le maintenir en prison où il était en sécurité, hors de portée des soldats.

Ce que le gouverneur gardait pour lui, c'était que Jean, en prison, était également hors de portée des Nantais. Le petit David breton qui avait affronté à mains nues et jeté à terre un Goliath français était un symbole d'une portée redoutable. Il ne fallait surtout pas que ce garçon devienne le porte-étendard d'une révolte. Il était donc doublement judicieux de le garder sous clef.

Doublement judicieux, peut-être, mais fort désagréable pour Jean qui, inconscient de son statut de symbole et du tumulte qu'il générait en ville, traînait dans sa cellule des journées interminables.

Sauf les deux inamicales visites de la mère Roubau, le matin et le soir, et le tour quotidien des remparts en compagnie du père Roubau, Jean demeurait seul.

Le plus souvent, il restait assis sur sa couchette, le

1. Nombre de membres qu'une assemblée doit réunir pour pouvoir valablement délibérer.

dos appuyé au mur, le menton posé sur les genoux. Il songeait au temps d'avant le drame, au Couëdic, aux « soupers des philosophes », aux soirées dans le cabinet de travail... Il entendait le rire de Pontcallec, l'oncle lisait à haute voix la dernière lettre qu'il avait reçue d'Amérique ou un chapitre de son mémoire, la flamme montait haute et claire, Montlouis et Talhouët parlaient d'égalité... Parfois, quand Jean émergeait de sa rêverie, il était surpris de constater que le soleil avait parcouru un grand morceau de sa course et que plusieurs heures avaient passé.

« Ne succombez pas à la tentation des souvenirs, Jean, avait recommandé un jour Kergorlay, vous souffrirez plus encore après. »

— Sans doute, Pierre, sans doute, murmurait alors Jean, seul dans sa cellule. Mais comme si c'était facile...

Les précédents occupants de la cellule avaient tracé des inscriptions sur le mur qui recevait le mieux le jour de la fenêtre. Il y avait des dessins. Des navires d'une précision extrême où tous les détails, mâts, espars et cordages, étaient présents ; des œuvres de marins en prison... Il y avait aussi des noms, des maximes, des poèmes :

Ma liberté s'en est allée,
Qui çà, qui là, s'est envolée.
Ami, donne une pensée
Au pauvre prisonnier.

Tout cela n'était pas bien gai.

Jean voulut participer à l'œuvre collective. Il lui fallait pour cela un objet dur et pointu. Naturellement, il n'y avait rien de tel dans la cellule. On lui avait même ôté sa ceinture dont l'émerillon aurait pu convenir. Au cours d'une promenade, il repéra, merveille ! un clou rouillé coincé entre deux pavés du chemin de ronde. Il ne ralentit pas mais le lendemain, il sortit avec un lacet dénoué. Il prit garde de faire un faux pas à l'endroit qu'il avait inscrit dans sa mémoire et auquel il n'avait cessé de penser depuis la veille. Il s'arrêta un instant. Il se baissa pour rajuster son lacet et, d'un geste rapide des doigts, il saisit le précieux clou et le glissa dans sa chaussure. Il se releva le cœur battant. Si le père Roubau n'avait rien vu, le tour était joué... Il l'était. La journée d'un prisonnier est illuminée par une victoire comme celle-là.

À présent qu'il était outillé, Jean réfléchit longuement à ce qu'il allait graver. Il songea que son oncle et ses amis avaient été privés de tombe à leur nom. Sur ce mur, il inscrirait leurs noms. Au moins, les occupants à venir de cette cellule se souviendraient d'eux.

Avec beaucoup de soin, en belles lettres régulières, dans le bas du mur afin que cette nouvelle inscription ne tombe pas trop vite sous les yeux des Roubau, à raison d'un nom par jour, Jean écrivit :

Pontcallec ; du Couëdic ; Montlouis ; Talhouët.

Reposez en paix.

Un jour, pendant le tour quotidien des remparts, Jean interrogea le père Roubau.

— Savez-vous combien de temps je vais rester ici ?

— Longtemps, répondit Roubau en cassant avec ses dents un morceau de tabac à chiquer.

Le cœur de Jean se serra mais il essaya de conserver un maintien ferme.

— Qu'appelez-vous : « longtemps » ?

— Des mois, des années, faut voir...

La voix de Jean se chargea d'angoisse :

— Que faut-il voir ? Que savez-vous ? Y a-t-il eu un jugement rendu contre moi ?

Le geôlier prit encore le temps de cracher sa chique par-dessus le muret du rempart et daigna s'expliquer.

— Pour le jugement, c'est pas demain la veille. Notre gouverneur est le plus grand ménageur de chèvre et de chou de la création, ce qui d'ailleurs, à mon avis, est une qualité précieuse au poste qu'il occupe... Il flatte la chèvre bretonne, il caresse le gros chou militaire, et il te garde au secret en se disant que quatre cous suffisent pour ce printemps et que, moins on te voit, moins les têtes chaudes de Nantes s'excitent...

— Mais cela peut durer encore des années ! s'écria Jean avec désolation.

— Probable. Mais, je te conseille de te plaindre : gâté, pourri, cajolé que tu es ici ! Si tu n'étais pas né noble, tu aurais été pendu le jour même de tes beaux exploits.

Ces dernières paroles du geôlier donnèrent profondément à réfléchir à Jean. De retour à sa cellule, il médita sur les privilèges de la naissance, essayant de se souvenir de ce que son oncle et ses amis avaient pu dire sur ce sujet... Il aboutit à la conclusion que le père Roubau avait raison. Dans son malheur, il était un privilégié. Il résolut de supporter l'épreuve de la prison comme son oncle avait affronté celle de l'échafaud : en philosophe.

Belle décision, mais pas facile à mettre en œuvre tous les jours.

Pour passer le temps, Jean montait sur la table et, le front appuyé aux barreaux, regardait les navires entrer et sortir du port. Et pour se sentir moins seul, il chantait. Il chantait des chansons de marins aux couplets innombrables et au refrain repris cent fois. Les chansons que chantent à bord les hommes de quart pour se donner l'impression qu'on est moins seul, et que la nuit est moins noire, moins froide et moins longue.

C'était Jean-François de Nantes,
Jean-François, Jean-François...
Gabier sur la Fringante...

[illegible] autres [illegible] deux [illegible] enfants.

Ces dernières paroles [illegible] tombèrent à [illegible]. De [illegible] qu'il [illegible] sur les [illegible] de [illegible] pu dire sur ce sujet [illegible] le père [illegible] Dieu [illegible] il [illegible] de la prison [illegible] l'échafaud : en philosophe.

Cette décision [illegible] tous les autres.

Pendant ce temps, Jean [illegible] le front appuyé aux barreaux [illegible] il [illegible] les [illegible] Les [illegible] donner l'impression [illegible] mêmes longues.

9

La mère Roubau avait une cousine. Cette cousine habitait un hameau niché au milieu des étangs de l'Erdre. Au cours du printemps, la jeune femme mourut d'une fièvre des marais, laissant sa fille Colombe orpheline. Le curé du bourg voisin écrivit aux Roubau que la petite Colombe se retrouvait seule, sans autre famille qu'eux, le père de l'enfant, le soldat Le Bihan, étant mort aux armées des Flandres bien des années plus tôt.

La Roubau n'avait ni sœur ni enfant. Elle se sentait de l'affection pour cette parente, compagne de son enfance. Elle désira prendre la petite chez eux. Le père Roubau, qui avait pour habitude de ne pas contrarier sa femme quand elle avait une idée en tête, consentit. D'abord, c'était une bonne action. Puis il se souvenait d'avoir vu la gamine autrefois ; elle devait être devenue une belle fille, gisquette et gironde, ce ne serait pas désagréable de voir un joli visage dans la maison. Enfin, un peu d'aide serait la bienvenue et, tout compte fait, une orpheline coûtait moins cher qu'une servante.

Un soir, donc, Colombe, portant un balluchon noué aux quatre coins qui contenait absolument tout ce qu'elle possédait fit son entrée à la prison de Nantes. Elle comprit tout de suite que chez les Roubau elle allait trimer dur. On n'allait pas la nourrir à ne rien faire, non ? Une grande perche comme ça ? Mais Colombe était forte et courageuse et elle accepta sans se plaindre sa nouvelle situation. Elle éprouvait même sincèrement de la reconnaissance envers les cousins Roubau grâce à qui elle avait un toit et du pain. Sans eux, elle se serait retrouvée à la rue et rien n'était plus à craindre que la misère des rues.

Colombe venait d'avoir quatorze ans. La Roubau l'employa à toutes les besognes. Colombe ne sortit que rarement de la prison. Parfois, on l'envoyait faire une course dans le voisinage mais jamais bien loin ni bien longtemps. « L'ouvrage, il est ici, pas à faire la belle dans les rues », avait décrété le cousin Roubau.

Le surlendemain de l'arrivée de Colombe, la geôlière ordonna :

— Colombe, prends ce seau et monte avec moi chez le drôle ! Je ne vais pas m'échiner à monter seule trois étages avec ma pauvre hanche qui me fait tant souffrir par ces temps humides...

Et ce matin-là, Jean eut la surprise de voir entrer chez lui deux personnes. En apercevant Colombe il se sentit, authentiquement, le souffle coupé. De sa vie, il n'avait jamais rencontré personne d'aussi joli. Et cette prison était bien le dernier endroit où il aurait imaginé faire une pareille rencontre. Colombe était grande, elle avait le corps mince et droit, le teint lumineux, une joyeuse mèche de cheveux dorés s'était échappée de sa coiffe de toile ; et dans tous ses gestes, dans tous ses déplacements, il y avait une grâce et une gaieté que Jean n'avait jamais vues chez quiconque auparavant.

Jean réalisa soudain qu'il ne songeait même pas à dissimuler l'émerveillement que lui causait cette incroyable apparition dans sa cellule. Il lança un regard rapide vers la geôlière en chef qui, Dieu merci ! n'avait rien remarqué. Elle venait de découvrir un accroc sur un drap et de se lancer dans un flot de récriminations dirigées contre ce sans-soin, ce maladroit, cette graine de noble qui ne prenait jamais garde à rien... ! Jean remercia mentalement la bienheureuse déchirure et reprit aussitôt son attitude habituelle : adossé au mur, les yeux baissés et prudemment muet.

Colombe, de son côté, grillait de curiosité de découvrir le pensionnaire du troisième, celui que son cousin appelait « le Jeannot », et sa cousine « la graine de noble ». Elle savait que ce hardi garçon avait rossé un officier des dragons. Un officier des dragons... quel courage ! Elle aussi, d'instinct, avait senti qu'elle ne devait pas montrer son intérêt pour le jeune prisonnier. Tout en observant Jean à la dérobée, elle feignait donc d'accorder une attention totale à son seau d'eau et son balai. Elle s'attendait à le trouver plus grand et moins fluet. Mais il était bien joli gars avec ses longs cils de fille... Elle ne perdit rien de la muette admiration qui passa sur le visage du garçon. Elle comprit qu'elle en était la cause et ses joues devinrent pourpres. Afin de dissimuler son trouble à sa cousine, elle décida précipitamment qu'il était urgent d'aller vider l'eau du seau et quitta la pièce.

Les jours suivants, Jean et Colombe n'osèrent même pas échanger un regard. Ils avaient conscience l'un et l'autre que la Providence leur envoyait une grâce incommensurable en leur permettant de se rencontrer dans cette sinistre bâtisse fermée de tout côté. Mais cette situation était d'une fragilité extrême. Un mot imprudent, un regard trop appuyé, une rougeur du visage qui semblerait suspecte à la Roubau et tout serait détruit. Ils ne se verraient plus. La seule chance de continuer à se rencontrer quelques minutes deux fois par jour, c'était de paraître totalement indifférents l'un à l'autre.

Pendant plusieurs jours, Colombe travailla sans dire un mot et Jean se rencogna contre son mur, plus fermé que jamais. Et enfin la mère Roubau, mise en confiance par cette espèce de bouderie, finit par se décharger sur sa nouvelle assistante de la peine de monter les pénibles escaliers. Un matin, matin béni ! elle désigna à Colombe le plateau de bois sur lequel se trouvait la gamelle de soupe et le morceau de pain d'une livre, lui donna la clef de la cellule et ordonna :

— Ne parle pas à cette graine de noble et referme bien la porte derrière toi.

— Oui, ma cousine, dit Colombe.

On ne risquait pas grand-chose à la laisser monter seule, songeait la Roubau en la regardant partir avec son chargement, le drôle était maté... C'était donc ça, le démon qui avait roué de coups un lieutenant des dragons ? Ce nobliau épais comme un criquet, qui se collait au mur comme s'il voulait y rentrer et n'osait même pas lever les yeux ? Eh bien, il n'aurait pas résisté longtemps, la prison brisait les plus durs... Elle avait l'habitude, la mère Roubau. Elle en avait vu défiler entre ces murs... ! Et elle avait du métier : elle savait reconnaître une volonté cassée. Et même s'il bousculait un peu la petite pour sortir, la belle affaire ! L'escalier aboutissait dans la cour où il serait bien reçu, on pouvait le lui garantir. Cette incartade lui vaudrait d'ailleurs de déménager pour le cachot qui avait la commodité de se trouver au rez-de-chaussée. Quant à Colombe, on pouvait lui faire confiance. La petite la respectait trop, elle, sa bienfaitrice, pour désobéir en quoi que ce soit. Et d'ailleurs, même si Colombe voulait mentir, elle ne saurait pas. Son visage parlerait pour elle. Et il fallait bien, songeait toujours la Roubau, que Colombe commençât d'apprendre le métier. La petite avait du caractère, ça se voyait. Elle serait bientôt capable de se rendre utile pour de bon. On en ferait une bonne geôlière, inflexible et énergique...

— Ne parle pas à la graine de noble, ordonnait la Roubau chaque fois que Colombe montait à la cellule du troisième étage.

— Oh, non ! ma cousine, répondait Colombe.

Oh, que si, Jean et Colombe se parlaient !

Ils ne faisaient même que ça.

Le premier jour où Colombe monta seule, elle poussa la porte avec le pied, ses deux mains étant employées à porter le plateau de bois, puis elle entra avec un joli mouvement de la taille destiné à appuyer le plateau sur sa hanche pour passer plus commodément la porte.

— Bonjour, monsieur Jean, murmura Colombe rougissante, à la fois joyeuse et confuse de la surprise qu'elle lui faisait.

— Bonjour, mademoiselle Colombe, croassa Jean, devenu écarlate comme un soleil couchant.

Cette gêne ne dura guère. « Monsieur » et « mademoiselle » disparurent. Ils avaient trop de choses à se dire et trop peu de temps pour le gaspiller en timidité. Ils avaient mille choses à se raconter. Ils découvrirent qu'ils débordaient l'un et l'autre de paroles qu'ils ne pouvaient jamais confier à personne. Leurs chagrins : ils avaient tous deux bien des raisons d'en avoir. Leurs souvenirs : la mère de Colombe et l'oncle du Couëdic. Les bonheurs enfuis : la petite maison en bois dans laquelle Colombe et sa mère avaient habité, entre l'étang et la rivière de l'Erdre, et le manoir du Couëdic au bout de son allée de tilleuls argentés où il faisait si bon vivre. Leur enfermement et leur solitude, car Colombe était presque aussi peu libre que les prisonniers chez les Roubau. Pour Jean, l'angoisse et l'incertitude de l'avenir. Pour Colombe, la certitude non moins angoissante de son avenir d'apprentie geôlière... Mais Colombe et Jean se confiaient aussi leurs rêves et leurs espoirs. Car les deux enfants, enfermés derrière les murs de la prison à cause de la férocité du monde des adultes, gardaient tous deux un tenace espoir. Un jour ils seraient libres d'aller, d'agir et de penser comme ils le décideraient.

Les instants de leurs conversations étaient intenses et précieux comme des trésors. Colombe ne pouvait rester avec Jean plus de quelques minutes, le temps plausible de quelques tâches de ménage. Quatre, cinq, parfois six minutes, et encore en veillant à ne pas recommencer trop souvent. Au-delà, les Roubau comprendraient qu'elle s'attardait volontairement. Et si les geôliers étaient pris du plus petit soupçon à propos de leur amitié, Colombe se verrait dans l'instant interdire de pénétrer une nouvelle fois dans la cellule de Jean. Ils seraient alors aussi séparés que si mille lieues se trouvaient entre eux.

Pour s'apercevoir plus souvent l'un l'autre, Colombe ne manquait pas d'idées. Elle avait imaginé de balayer souvent la cour. Jean, perché sur sa table, la tête appuyée de côté sur les barreaux, la regardait faire. Puis, Colombe sut convaincre sa cousine Roubau de la laisser installer un étendoir à lessive sur le rempart. « Le linge séchera mieux là-haut dans le vent, ne croyez-vous pas, ma cousine ? » Elle posa ses perches juste vis-à-vis de la fenêtre de Jean. Et, chaque jour où il ne pleuvait pas, elle montait son panier de linge mouillé sur le rempart et passait des heures à l'arranger avec un soin infini. « Le linge sèche sans plis, ma cousine, si on l'étend bien soigneusement... » Et, pendant tout ce travail, elle jetait de rapides regards vers la fenêtre de Jean, s'assurait qu'il était bien à son poste d'observation et sifflait une chanson qui était comme un message :

C'était Jean-François de Nantes,
Jean-François, Jean-François...
Gabier sur la Fringante...

Ces manœuvres leur permettaient de prendre patience jusqu'au rendez-vous du soir. La cour de la prison était reluisante, la lessive n'avait jamais été aussi impeccable et les Roubau se félicitaient de l'ardeur au travail de leur nouvelle recrue.

10

Les semaines passaient, aucune instruction nouvelle concernant le devenir de Jean n'arrivait.

Un matin, alors que Colombe était près de lui pour les quelques minutes que le premier repas de la journée autorisaient, Jean soupira :

— Ils veulent qu'on m'oublie comme ils veulent qu'on oublie le nom de Pontcallec. Mais combien de temps faudra-t-il encore pour qu'ils soient satisfaits ? des années ?

Colombe baissa les yeux et ne répondit rien : c'était exactement l'avis du cousin Roubau.

Un autre jour, Jean proposa :

— Si tu partais sans refermer ma porte ?

Colombe secoua la tête.

— Si cela pouvait servir à quelque chose, je l'aurais déjà fait. L'escalier qui est au bout du couloir ne mène qu'au rempart ou, en bas, dans la cour. Tu connais le rempart, il est haut de quarante pieds[1] et tombe à pic dans la mer ou sur les rochers à marée basse. Il faudrait une corde solide de plus de trente pieds et, ça, c'est un objet qui n'existe pas dans cette maison. Mon cousin y veille. C'est tout juste si nous avons de la ficelle à rôti à la cuisine. J'ai bien pensé à faire rentrer une corde, mais c'est impossible. Il vérifie tout ce qui entre dans la prison. Même les corbeilles de pain du boulanger. Et aussi mes paniers à linge quand je reviens du lavoir. Ce n'est pas qu'il me suspecte spécialement, ni l'apprenti du boulanger, mais il dit que si on fait les choses dans les règles, on évite les mauvaises surprises. Si je me faisais prendre, je serais chassée d'ici, et toi, tu serais sûrement mis dans une cellule en bas, sous l'œil de mes cousins Roubau.

Colombe avait réfléchi pour lui aux moyens de s'évader. Jean en fut ému. Et aussi pénétré d'admiration. Colombe avait un esprit d'action plus fort que le sien. Alors qu'il attendait une libération venant de l'autorité, elle avait déjà réfléchi à des plans, envisagé les possibilités, mesuré les risques...

— Et par la cour ? demanda encore Jean.

— Pour sortir dans la rue, il n'y a qu'une seule porte. Elle est en bois de chêne épais comme mes

1. 40 pieds font un peu plus de 13 mètres.

deux mains et fermée par trois serrures de fer. Mon cousin Roubau garde à tout moment le trousseau des clefs pendu à sa ceinture. La nuit, il met le trousseau sous son matelas. Du côté de la rue, il y a toujours des soldats qui montent la garde, le jour et la nuit. Et à l'intérieur, il y a les chiens, deux dogues, attachés juste à côté de la porte... Si mes cousins me laissent si facilement ta clef, c'est qu'ils savent bien qu'il n'est pas possible de s'enfuir en passant par la cour...

Un matin, Colombe trouva Jean debout sur la table, le nez à la fenêtre, excité comme une pie.

— Monte, monte, dit-il, viens regarder !

Colombe posa le plateau sur la paillasse et sauta lestement sur la table. Un grand navire à deux mâts était arrivé pendant la nuit et avait jeté l'ancre dans le milieu de l'estuaire.

— Une goélette, dit Jean, elle vient d'Amérique. Regarde, elle s'appelle le *Pride*, de Boston.

— Qu'est-ce que ça veut dire, « *Pride* » ?

— Ça veut dire « Fierté ». Les Anglais imposent leur loi à l'Amérique. Beaucoup d'Américains voudraient voir les Anglais s'en aller. Quand ils s'agitent trop, des juges anglais en perruques font pendre quelques personnes pour calmer tout le monde mais l'Amérique, un jour, jettera la vieille Angleterre à la mer.

Colombe fut impressionnée par sa science et cette rhétorique.

— Comment sais-tu toutes ces choses ?

— C'est mon oncle du Couëdic qui me les a apprises. Il avait des amis en Amérique. Il en avait un dans cette ville qui s'appelle Boston d'où arrive ce bateau. Ils s'écrivaient souvent. Mon oncle me lisait à haute voix les lettres qu'il recevait. Il disait que les Américains construiront un jour une immense république, la plus grande du monde...

— Qu'est-ce qu'une république ? demanda Colombe.

Jean eut un sourire d'un instant, adressé à un homme au rire gai et sonore avec qui il avait parcouru à cheval au grand trot la route qui va de Nantes au Couëdic.

— Une république, répondit Jean en essayant de retrouver mot pour mot les paroles de M. de Montlouis, est la plus belle chose qui soit. Il n'y a pas de sujets du roi mais des citoyens libres et égaux entre eux, il n'y a pas de privilèges dus à la naissance, et chacun a le droit à la parole.

Jean rêva un instant en regardant la goélette, puis il murmura :

— Je voudrais aller en Amérique.

— Si loin ? Tu quitterais la Bretagne ? Que deviendra ton château du Couëdic ?

— Il n'est pas à moi. Je ne possède rien. Je suis aussi pauvre que toi. Mon oncle avait une fille, ma grande cousine Gwénola. Elle s'est mariée l'année dernière. Son mari et elle doivent avoir repris la maison, maintenant. Mon beau-cousin a sans doute vendu les arbres coupés par les dragons comme bois de chauffage...

Il se tut quelques secondes, et reprit :

— Je crois que je n'ai plus envie de retourner au Couëdic, sans mon oncle, sans les arbres et avec Horace installé dans le cabinet de travail. Plus rien ne me retient ici... que ces murailles...

Il regarda Colombe :

— ... et une personne que je regretterais de quitter.

Colombe contemplait la Loire et le bateau américain. Elle aussi regretterait de quitter Jean. C'était même simplement impossible à envisager désormais. Elle venait de le comprendre. Elle se sentait prête à tout laisser, sans aucun remords, même la bien-aimée Bretagne, pour ne pas quitter Jean. Quand, un instant plus tôt, elle avait dit « si loin ? », elle ne songeait pas à la largeur de la mer Atlantique, dont elle n'avait d'ailleurs qu'une très vague idée, mais à la distance qui les séparerait s'il partait. Et puis, l'idée l'avait surprise : partir aux Amériques, aux Colonies ou pour le Nouveau Monde, elle avait toujours entendu dire que c'était le destin des têtes brûlées et autres mauvais sujets. Le cousin Roubau, par exemple, sur ce point était formel... Mais Colombe se sentait infiniment plus disposée à croire aux rêves de Jean qu'aux sentences du père Roubau. Elle n'avait rien compris à l'explication de Jean sur la république mais les mots qu'il avait prononcés lui avaient paru beaux. Ils évoquaient pour elle une idée de grandeur et de dignité qui lui plaisait infiniment.

Elle tourna les yeux vers Jean.

— Moi aussi, dit-elle, je veux aller en Amérique.

11

Mais, entre les deux enfants et le navire de Boston, il y avait la porte en chêne bardée de fer, les trois serrures, les clefs pendues à la ceinture qui entourait le ventre du père Roubau, les chiens et les soldats dans la rue. Et pas une minute, ni le jour ni la nuit, la surveillance que tout ce beau monde exerçait ne se relâchait.

— Il y aura bien un moment où les portes seront ouvertes, dit Colombe, une ou deux minutes peuvent suffire. La livraison d'une barrique de vin, un départ de prisonniers... Je vais veiller à chaque instant. Tiens-toi prêt. Quand je viendrai te chercher, nous fuirons aussi vite que nous le pourrons. Ils ne se méfient pas. C'est notre meilleure chance.

— Nous irons vers le port, dit Jean. Nous courrons jusqu'à la cale des barques de pêche, c'est plein de cachettes, il y a des filets partout... On dirait que le *Pride* a l'air de rester au mouillage. Il doit avoir trop de tirant d'eau pour venir se mettre à quai... Quand il fera nuit, il faudra emprunter un youyou pour le rejoindre.

— Tu crois qu'ils voudront bien nous prendre à bord ?

— Dieu fasse que oui. Il faudra savoir les convaincre.

Jean songea un instant, puis reprit :

— Si nous ne trouvons pas de barque, nous irons au navire à la nage... Il ne fait plus trop froid ces jours-ci... Au fait, est-ce que tu sais nager ?

Colombe sourit.

— J'ai grandi au bord de l'Erdre. C'est un pays d'étangs. Là-bas, on apprend à nager en même temps qu'on apprend à marcher.

Les jours passaient. On déchargeait la cargaison du *Pride* sur des chaloupes. Jean, de sa fenêtre, suivait heure par heure toutes les manœuvres. Colombe trouvait mille prétextes pour aller et venir dans la cour et ne jamais perdre de vue la grande porte. Elle s'ouvrait parfois mais pendant très peu de temps, deux ou trois secondes, et elle se refermait impitoyablement. *Cric, crac !* Le père Roubau qui sort... L'apprenti du boulanger qui apporte ses corbeilles de pain... Le père Roubau qui revient... Colombe vivait dans une tension de chaque instant. Elle se levait à l'aube pour ne pas risquer de manquer une occasion. Chaque fois que la porte se refermait en faisant *clang !* elle se mordait les lèvres pour ne pas pleurer. Colombe avait l'impression que les clefs ballottées à la ceinture du cousin Roubau la narguaient. « *Critch, critch,* tu ne sortiras pas ! » semblaient-elles ricaner quand le geôlier déplaçait sa corpulente personne. Même les chiens, *Belle* et *Zébut*, lui marquaient de l'hostilité. Pourtant les deux molosses l'aimaient bien ; depuis qu'elle vivait chez les Roubau, elle les avait apprivoisés ; c'était elle qui préparait et leur apportait chaque jour leur pâtée... Mais on aurait dit que les chiens avaient deviné son projet. Quand Colombe s'approchait de la porte, les mâtins couchaient les oreilles et grondaient tout bas comme pour dire : « Doucement, petite ! Pas de ces mauvaises idées-là chez nous. »

Le déchargement du *Pride* était fini. Le va-et-vient des chaloupes se faisait maintenant dans l'autre sens. On commençait à monter à bord une nouvelle cargaison.

— Il ne leur faudra que quelques jours pour recharger, dit Jean, effrayé de l'efficacité avec laquelle le travail s'accomplissait. Une semaine, tout au plus...

Des larmes coulaient sur les joues de Colombe, dues à la fatigue à laquelle elle s'astreignait depuis que le *Pride* était arrivé, et aussi à l'angoisse, chaque jour croissante, de voir le navire dans lequel ils avaient mis tous leurs espoirs repartir sans eux.

Quelques jours passèrent encore. La porte de la prison ne s'ouvrit pour ainsi dire jamais.

Colombe se fit rabrouer par sa cousine : « Toujours à traîner dans la cour ! Va travailler, feignasse ! »

C'était la fin de la journée. Le Soleil commençait à baisser vers l'ouest dans la grande lumière des après-midi de juin. On était dans les vives-eaux[1], la Loire était haute et les remous puissants. Le chargement du *Pride* était achevé. Les ultimes chaloupes, celles des vivres frais, terminaient les dernières navettes. Les voiles étaient ferlées, parées à envoyer. Jean et Colombe, debout devant les barreaux de la fenêtre aux barreaux, regardaient le bateau finir ses préparatifs. À aucun moment ils n'avaient pu tromper la vigilance des Roubau, des gardes, ni des chiens.

— Il va partir tout à l'heure, dit Jean avec mélancolie.

— Oui, quand la marée sera haute, dit Colombe.

Une larme grosse comme un pois roula sur la joue de la jeune fille. Jean songeait en regardant le navire.

1. Pendant les périodes de vives-eaux ou de grandes marées, les effets du Soleil et de la Lune sur la marée s'additionnent, la mer monte plus haut et descend plus bas. Les vives-eaux se produisent au voisinage de la pleine lune ou de la nouvelle lune. En mortes-eaux, le Soleil et la Lune ne sont plus en phase, l'amplitude de la marée est moindre.

Ses yeux s'arrêtèrent un moment sur l'eau de la Loire. Il saisit soudain le bras de son amie.

— La grande marée ! Cette nuit, la lune était pleine ! De combien va monter la mer, ce soir ?

— Environ onze pieds, dit Colombe en vraie fille de port qui sait chaque jour jusqu'où monte la mer et jusqu'où elle se retire, mais pourquoi ?

— Colombe, allons au rempart ! Onze pieds d'eau au bas de la muraille, ça ne fait même pas trente pieds de mur à descendre ! Nous pouvons le faire.

— Allons au rempart ! dit Colombe.

Ils s'emparèrent des draps de la paillasse et ôtèrent leurs chaussures pour être plus silencieux. Ils firent en courant le tour du chemin de ronde, penchés en avant afin de rester invisibles depuis la cour, cachés derrière le parapet. Comme l'avait prévu Jean, l'eau de l'estuaire, presque tout à fait haute maintenant, montait le long de la muraille. Des vagues venaient frapper contre le pied du rempart. Le *Pride*, à l'ancre, se trouvait en face d'eux, à deux ou trois encablures[1]. Jean se pencha dans l'embrasure d'un créneau et observa la mer.

— Tu avais raison, il y a bien dix pieds d'eau. Ce devrait être assez pour sauter si on le fait avec précaution.

Il attacha les draps bout à bout et fixa le tout au parapet par un nœud solide. Les draps, l'un fixé à

1. 400 à 600 mètres.

l'autre, permettaient de gagner quatre ou cinq pieds vers le bas.

— Hâtons-nous, dit Jean, il y a déjà longtemps que tu es montée me porter le dîner. À n'importe quel instant, l'idée peut venir aux Roubau de venir voir pourquoi tu restes si longtemps en haut et tout serait perdu. Je descends le premier. Dès que tu me verras dans l'eau, si tu vois que tout va bien et qu'il est possible de descendre sans casse, n'attends pas une seconde de plus, laisse-toi glisser en bas de la corde et saute hardiment à la mer. Entre dans l'eau les pieds les premiers et bien joints. Ne regarde pas vers le bas pendant ton saut, tu recevrais un terrible coup au visage en touchant la surface. Regarde au contraire loin devant toi et protège ta tête avec tes bras. Et, dès que tu seras dans l'eau, éloigne-toi du rempart pour que les vagues ne te jettent pas contre le mur.

— J'ai compris. Va, Jean. Va vite. Je te suis.

— Tu n'as pas peur ?

— Si, je meurs de peur, mais je sauterai quand même.

— Dieu te garde, Colombe.

Jean saisit le drap à deux mains, enjamba le muret et se laissa descendre, les deux pieds en appui contre la muraille. Quand il fut à l'extrémité du drap, il prit son élan, fléchit les jambes, se repoussa contre le mur et sauta. Un instant plus tard, il disparut dans la mer au milieu d'une gerbe d'écume. Colombe, penchée à travers le créneau, guettait la surface, attendant de le voir remonter. Son cœur battait si fort qu'elle avait l'impression de l'entendre. Son angoisse était double, elle tremblait de ne pas voir Jean revenir à la surface et elle craignait à chaque instant d'entendre les Roubau arriver derrière elle. Enfin, après deux ou trois secondes qui semblèrent à Colombe longues comme des minutes, Jean reparut. Il fit un grand et joyeux geste du bras pour dire que tout allait bien. Alors Colombe sentit une grande partie de sa peur la quitter. L'angoisse qui ralentit la volonté et alourdit les gestes s'en alla. Colombe se sentit soudain presque sereine, l'esprit clair et déterminé. Sans un instant d'hésitation, elle monta sur le muret. Au moment de saisir la corde, une idée lui vint. D'un geste rapide, elle défit sa grande jupe qui allait la gêner pour nager et la laissa tomber derrière elle sur le chemin de ronde. Vêtue seulement de son petit jupon blanc qui lui descendait jusqu'aux genoux, elle empoigna le drap. Elle se laissa glisser au bout de la corde et, sans même jeter un regard vers le bas, elle se lança dans le fleuve.

12

À bord du *Pride*, on chargeait le contenu de la dernière chaloupe. Les voiles n'attendaient plus que d'être hissées. Une excitation joyeuse régnait à bord. Dans quelques minutes, on allait lever l'ancre pour reprendre le voyage et cette fois dans le sens du retour. Le temps était beau et semblait devoir se maintenir encore quelques jours. La marée n'allait pas tarder à s'inverser et le jusant[1] s'ajoutant au courant de la Loire emmènerait le bateau rapidement et facilement vers la pleine mer. La cargaison de sucre des Antilles, de tabac de Virginie et de cuirs du Massachusetts s'était vite et bien vendue, ce qui promet-

1. Le jusant est le courant généré par la marée descendante.

tait de bonnes primes pour tout le monde au retour à Boston.

Soudain, un matelot, les yeux tournés vers la berge, appela son capitaine :

— *Hey, Sir, look over there*[1] *!*

En face du mouillage du *Pride*, il y avait un haut mur crénelé qui tombait à pic dans la mer. Tous à bord savaient que ce fort était la prison de Nantes.

Quelqu'un, sur le haut du rempart, venait de laisser tomber dans le vide une corde faite de morceaux de toile noués. Puis une silhouette se coula par l'embrasure du créneau comme une anguille, saisit la corde improvisée, descendit les quatre ou cinq pieds de drap et se jeta dans le vide.

— *My God, it's a kid*[2] *!* dit le matelot.

À bord du *Pride*, l'équipage entier attendit de voir Jean reparaître avec presque autant d'anxiété que Colombe, toute seule là-haut sur son rempart. Quand Jean revint à la surface, le capitaine poussa un soupir :

— *Gallant boy ! Did you see how he said good bye to the jail*[3] *?*

Le second ajouta en riant :

— *That kid is clever ! Today is the only day where*

---

1. *« Capitaine, regardez ! »*, en anglais.
2. *« Mon Dieu, c'est un gosse ! »*, en anglais.
3. *« Sacré môme ! Avez-vous vu comme il a dit au revoir à la prison ? »*, en anglais.

the tide rises high enough for jumping off that damned wall[1].

Les marins n'étaient pas au bout de leurs surprises. Au moment où Jean reparaissait à la surface, une jeune fille monta debout sur le haut du mur, ses longs cheveux blonds flottant au vent. Pendant un instant, le Soleil passa entre deux nuages et l'éclaira d'un rayon doré.

— *What now ?* demanda encore le second, *the Holy Virgin*[2] *?*

La Sainte Vierge en question, d'une façon assez peu mystique, saisit résolument la corde à deux mains, descendit à la force des poignets et, à son tour, plongea dans la mer.

Jean et Colombe avaient réussi à s'éloigner du pied de la muraille et tentaient maintenant de gagner le *Pride*. L'eau de l'estuaire était agitée, rendant la nage lente et la progression difficile. La marée était haute maintenant. Le mélange du courant de la Loire et du flot en train de s'inverser créait des vagues et des remous en tout sens. Mais, malgré le danger de la situation, le courant, les creux et le ressac, le navire qui pouvait lever l'ancre à tout moment sans même les apercevoir, les Roubau sur la berge où sans doute valait-il mieux ne jamais remettre les pieds, Colombe rayonnait et nageait à grandes

---

1. *« Ce gamin est un malin, c'est aujourd'hui le seul jour où la marée monte assez haut pour sauter de ce damné mur »,* en anglais.
2. *« Qu'est-ce que c'est que ça encore ? La Sainte Vierge ? »,* en anglais.

brasses efficaces, sans plus douter un instant désormais du succès de leur entreprise.

— Qui t'a appris à nager si bien ? demanda Jean par-dessus les vagues.

— Maman ! répondit Colombe, criant presque pour se faire entendre à travers le vent et l'écume qui volait.

Elle ajouta soudain :

— Regarde, ils viennent nous chercher...

La dernière chaloupe était encore bord à bord avec le *Pride*. Le capitaine prit son second par l'épaule et le poussa vers la barque :

— *Make haste, Sir ! Go and pick them up ! We won't let those kids drown*[1].

Le second parlait français. Il était né en Amérique mais sa famille était rochelaise. Une famille protestante qui, comme beaucoup d'autres, avait quitté la France pour fuir les persécutions. Penché à l'avant de la barque, il appela :

— Hardi, les enfants ! Tenez bon, nous arrivons.

Jean et Colombe montèrent sur le pont du *Pride*. Debouts, trempés, l'eau coulant de leurs vêtements, ils se retrouvèrent face au capitaine et à l'équipage.

Jean alla droit à l'essentiel :

— Capitaine, soyez bon, nous voulons aller avec vous en Amérique. Emmenez-nous.

---

1. « *Faites vite, monsieur ! Allez et récupérez-les ! Nous n'allons pas laisser ces enfants se noyer* », en anglais.

Le second traduisit. Le capitaine médita un instant puis désigna du doigt la berge et la muraille de la prison.

— *Why were you there*[1] *?* demanda-t-il.

Le second traduisit la question. Jean se redressa avec fierté.

— Nous n'avons commis aucun crime. Colombe vivait dans cette prison parce qu'elle est sans parents et qu'elle travaillait là pour gagner son pain. Et moi, j'étais enfermé parce que mon oncle a cru en une libre république de Bretagne et qu'on lui a coupé la tête pour cela.

Le capitaine et l'équipage étaient tous républicains et partisans de l'indépendance des Treize Provinces d'Amérique. Ils ne pouvaient que se sentir solidaires de la cause bretonne. Un murmure de sympathie salua les paroles de Jean dès que le second les eut traduites. Le capitaine hésitait. Certes, les deux gosses ne manquaient pas de culot mais c'était tout de même un peu délicat de les embarquer comme ça. Ils avaient peut-être des parents, ces gamins...

— Monsieur, dit la douce voix de Colombe qu'une main secourable avait déjà revêtue d'un ample caban de laine bleue, si nous tardons encore, nous allons manquer la marée.

— *What did she say*[2] *?* demanda le capitaine.

---

1. *« Pourquoi étiez-vous là-bas ? »,* en anglais.
2. *« Que dit-elle ? »,* en anglais.

— *She said that we are about to miss the high water*[1], dit le second.

Le capitaine leva les yeux et observa la hauteur d'eau. La mer était haute ! Manquer la marée alors que tout était prêt pour mettre à la mer et que la brise de nord-est s'annonçait parfaite pour sortir des côtes de Bretagne ? Alors qu'on devait doubler Saint-Brévin avant la nuit ? Mille diables, il ferait beau voir ! Les gamins ? Ah oui, les gamins... ! Eh bien, on n'allait tout de même pas les remettre à l'eau... ! Ils n'avaient qu'à venir puisqu'ils en avaient envie ! Ils avaient bien dit qu'ils étaient orphelins ? Il y avait de la place pour tout le monde, là-bas, ce n'était pas ça qui manquait...

Le capitaine clama d'une voix tonitruante :

— *Hey, mates ! get ready to heave the anchor up*[2] !

Puis, s'adressant au second :

— *Sir, hoist the main sail, cape westward*[3] !

Et le *Pride*, dans l'intense lumière de la fin de la journée, commença sa descente de l'estuaire de la Loire. On était le 2 juin de 1720, le vent de nord-est avait chassé tous les nuages, le temps s'annonçait beau pour plusieurs jours.

---

1. « *Elle dit que nous allons manquer la pleine mer* », en anglais.
2. « *Les hommes, parés à relever l'ancre !* », en anglais.
3. « *Monsieur, faites hisser la grand-voile et cap à l'ouest !* », en anglais.

13

Le lendemain, à travers la brume de l'aube, Jean et Colombe, les coudes posés sur le bordage, regardèrent l'île de Noirmoutier, la dernière terre française encore visible, disparaître derrière l'horizon. Ils en éprouvèrent du soulagement et nul chagrin. Leur évasion était désormais accomplie. Ni les soldats du roi ni les Roubau ne les arrêteraient plus et le *Pride* ne ferait pas demi-tour. Il ne leur venait pas l'idée d'avoir des regrets. Ils étaient en route pour la grande aventure dont ils avaient rêvé, en route vers cette Amérique dont ils ne savaient pas grand-chose sinon qu'elle enflammait leur imagination. Et ils fuyaient un pays qui n'avait rien d'autre à leur offrir que des portes fermées.

Une semaine plus tard, le *Pride* naviguait grand largue, tout dessus, faisant route au sud-ouest. Depuis qu'on avait perdu de vue Noirmoutier, le bateau n'avait plus autour de lui que le grand cercle de l'horizon marin. Plus on descendait vers le sud, plus le soleil se faisait fort. Il commençait à faire chaud même la nuit. Le second avait pris les deux jeunes fugitifs sous une aile protectrice, il avait attribué à Colombe une sorte de cagibi à l'arrière du bateau qu'elle appelait pompeusement « ma cabine » et à Jean un hamac parmi ceux des hommes d'équipage.

Le second s'appelait Claude Lamaison. Il était né à Boston. Sa famille venait de France mais Claude ne s'était jamais beaucoup soucié de ses origines. Étant né sur le Nouveau Continent, il s'estimait américain à part entière et se sentait plus enclin à se préoccuper du Nouveau Monde que de l'Ancien. Certes, dans la maison de ses parents, on parlait encore le français mais, dès qu'il avait su marcher, il avait appris l'anglais dans la rue, parmi les autres enfants d'émigrants. C'était le cas de toutes les familles de Boston. Chez soi, on parlait la langue du pays d'origine, le hollandais, l'écossais, l'irlandais... Mais dans les magasins, sur le port et pour les affaires, tout le monde se comprenait en anglais. Et deux générations plus tard, les enfants ne savaient plus que quelques mots de la langue de leurs grands-parents.

— Boston est-elle une belle ville ? lui demanda un jour Jean.

Le temps calme, la durée et la monotonie de la traversée incitaient à la conversation.

— La plus belle du monde, répondit en toute simplicité le second. Et le Massachusetts est le plus bel endroit de la Terre... En tout cas, il le serait si on en ôtait les Anglais. Connaissez-vous l'histoire de la création des Amériques ? Dieu créa le Massachusetts, il trouva que son travail était beau, mais il songea qu'il ne pouvait pas y avoir deux paradis alors il y ajouta les Anglais...

Et Claude, qui possédait un heureux caractère, partit d'un grand éclat de rire, suivi par Colombe et Jean.

— Quand tes parents sont-ils arrivés en Amérique ? demanda Colombe qui, douée d'un naturel sociable, s'entendait déjà assez bien avec le jeune homme pour le tutoyer.

— Il y a trente-cinq ans, à peu près...

— D'où venaient-ils ?

— De La Rochelle. Les Lamaison étaient maîtres tonneliers à La Rochelle depuis des générations, répondit Claude que l'arrivée des deux enfants français sur son bateau incitait décidément à se pencher sur ses racines. Mes parents sont des protestants très pieux. Quand le roi a interdit en France la religion réformée[1], mon père, du jour au lendemain, a vendu

1. Louis XIV a révoqué l'édit de Nantes en 1685, interdisant aux protestants de pratiquer leur religion. 200 000 protestants quittèrent la France.

sa tonnellerie et décidé d'embarquer pour Boston avec ma mère, mon frère et ma sœur déjà nés.

— Pourquoi Boston ?

— Par hasard ou presque. Il ne connaissait rien de l'Amérique. Il avait juste entendu dire sur le port qu'il y avait là-bas une communauté protestante solide. Et comme on lui reprochait d'avoir vendu sa tonnellerie pour la moitié de son prix, il répondit que si aujourd'hui on lui payait encore la moitié de la valeur de son bien, demain on le lui prendrait pour rien, et dans trois jours on l'enverrait de surcroît aux galères. Il disait que le temps de l'épreuve était venu, le temps des sandales aux pieds, de la corde nouée autour des reins et du bâton de marche à la main. Le temps de quitter la terre pécheresse d'Égypte et de s'enfuir au désert[1], et qu'il fallait remercier l'Éternel si l'on ne perdait dans l'affaire qu'une demi-tonnellerie à La Rochelle.

— Et tes parents ont trouvé cette communauté protestante qu'ils cherchaient ? demanda Colombe.

— Ils n'ont trouvé que ça. La Terre promise. Le paradis des protestants. Il doit y avoir à Boston toutes les sortes de protestantisme existant sur Terre. Un vrai catalogue. Presbytériens, quakers, rite de Luther, rite de Calvin... Chacun cherchant bien entendu à surpasser en vertu ceux du temple voisin.

1. Les protestants se comparaient volontiers au peuple hébreu de la Bible fuyant l'Égypte.

Mes parents se sont trouvés à Boston comme des poissons dans l'eau. Ils ont ouvert une nouvelle tonnellerie et eu cinq enfants de plus dont moi, ce qui, je trouve, était une fameuse bonne idée.

— Il y a aussi des catholiques à Boston ? interrogea Colombe.

— Bien sûr, quelques-uns, des Irlandais surtout. C'est simple, à Boston, il y a de tout.

— Et les gens s'entendent quand même ? demanda Jean, pensant aux querelles religieuses qui avaient ensanglanté l'Europe.

— Oui. C'est ce qu'il y a de plus beau chez nous. Chacun a le droit de croire ce qu'il veut. Pour un peu, on aurait même le droit de ne rien croire du tout, à condition bien sûr de ne pas s'en vanter.

— Les Anglais ne cherchent pas à imposer une religion dominante ? interrogea encore Jean.

— Les Anglais se foutent bien de l'âme des colons d'Amérique. Pour les Anglais, la seule chose qui compte chez les Américains, ce sont les taxes qu'ils peuvent payer. Ils voient l'Amérique comme un gigantesque citron qu'il faut presser le mieux possible. Est-ce que vous demandez à un citron que vous voulez presser dans quelle religion il est baptisé ?

Le *Pride* traçait bravement sa route, vent portant, roulant avec une sorte de régularité sur la houle de l'Atlantique. Chaque matin et chaque après-midi, le capitaine et le second, armés de leur octant[1], relevaient la hauteur du Soleil et, après les calculs d'usage, traçaient sur la carte la position du bateau. Jour après jour, la progression du *Pride* s'inscrivait sur la carte en ligne pointillée.

— Où est Boston ? demanda Colombe un jour que le second leur montrait la carte.

— Ici, répondit Claude en posant une pointe de son compas sur un point de la côte nord de l'Amérique.

— Et nous, où nous trouvons-nous ?

— Ici, dit encore Claude en indiquant la ligne tracée au crayon qui descendait vers le sud.

— Mais, nous n'allons pas vers Boston ! s'exclama Colombe.

— Bien sûr que non, nous allons aux Açores.

Colombe se pencha avec attention sur la carte.

— Ce sont des îles minuscules. Qu'allons-nous y faire ?

— Trouver la route des Alizés et avitailler en eau douce et vivres frais. Tu verras que tu les aimeras bien, ces îles minuscules, comme tu dis, quand l'eau de nos bailles commencera à puer pour de bon, ce qui ne devrait pas tarder par cette chaleur.

— Et ensuite, nous allons à Boston ?

— Non. Ensuite nous allons ici, dit Claude en

---

1. Instrument servant à mesurer la hauteur du Soleil et autres astres au-dessus de l'horizon.

pointant son compas sur l'une des plus grandes îles des Antilles. Cap-Français[1], à Saint-Domingue.

— Pour charger du sucre ? demanda Jean.

— Tout juste. Et du rhum. En échange d'une partie de la cargaison actuelle. Les Antilles ne savent faire que du sucre. Il faut donc leur apporter tout le reste. Nous vendrons là-bas le blé, le bœuf salé, la quincaillerie de clous et d'outils, et une partie du vin que nous avons en cale. Puis, poursuivit Claude en remontant avec le doigt le long de la côte américaine, nous nous arrêterons encore là, à Portsmouth. Les planteurs de Virginie sont fous de rhum. Nous leur refilerons tout le stock. À la place, nous chargerons de leur tabac, qui se vendra admirablement en France et en Angleterre après que nous serons passés à Boston embrasser la famille Lamaison et arranger un peu ce brave *Pride* qui est quand même celui qui peine le plus dans ce métier. Et voilà, ça fera un voyage de plus...

Colombe contempla la carte. Leur route faisait un ample détour vers le sud. Elle dessinait une sorte de rectangle dont le côté supérieur – un peu de travers – correspondait à la route directe de Nantes à Boston.

— Nous allons faire le tour de la mer Atlantique, constata Colombe.

— C'est normal, dit Claude. Tous les navires suivent cette route, ou presque.

---

1. Aujourd'hui Cap-Haïtien.

— Pourquoi ?

— À cause des courants et des vents dominants, répondit Jean que sa fréquentation du port de Nantes avait rendu expert en fait de navigation transatlantique. Pour aller vers l'Amérique, la route la plus sûre est celle du sud. Pour revenir en Europe, on peut traverser plus au nord.

— Et à cause des affaires, aussi, dit Claude. On ne couvre pas des milles et des milles d'océan pour le plaisir. Le sucre est le meilleur produit à transporter en ce moment. À Boston, en Europe, n'importe où, même revendu cher, tout le monde en veut... C'est ce qui rend le passage par la Caraïbe si important.

Les Açores. De petits bijoux d'îles vertes comme l'émeraude perdues au milieu de l'immensité de l'océan Atlantique. À Sao Miguel, des prairies entourées de haies descendaient en pente douce jusqu'à la mer. « On croirait Belle-Île, en plus pentu... » songea Jean. Un bateau français était au mouillage. Il remontait sur Lorient. Jean écrivit deux lettres et pria les marins français de bien vouloir les mettre à la poste en arrivant en Bretagne. Il écrivit à sa cousine Gwénola et à Kergorlay. Il leur raconta en quelques mots son évasion et leur annonça avoir quitté la France, avec Colombe, à bord du *Pride*. Il s'excusa de la brièveté de ces lettres et en promit de plus longues dès que le *Pride* serait arrivé à Boston. Il remercia Pierre pour son aide durant le temps où il était resté en prison. On pouvait lui répondre chez les parents de Claude, *Mr. Nathanaël Lamaison, North Street, Boston*. En pliant sa deuxième lettre, il se ravisa et en écrivit une troisième, de quelques lignes, adressée à M. et Mme Roubau, à Nantes. Les Roubau, songea Jean, croyaient sans doute que Colombe s'était noyée et en éprouvaient certainement du chagrin.

14

Saint-Domingue. Le *Pride* pénétra vent arrière dans la baie de Cap-Français. Le mouillage était vaste et sûr. Quarante bateaux au moins s'y trouvaient à l'ancre. Jean, même lors de ses plus beaux jours sur le port de Nantes, n'aurait jamais pensé en voir tant à la fois. Le paysage était un enchantement. L'eau de la baie était turquoise et tiède. La ville blanche se nichait au pied de la montagne d'un vert vif. Sur la berge, les palmiers poussés par les vents alizés agitaient leurs palmes avec un joli bruit. La mer, turquoise limpide au bord, passait par toutes les nuances du vert émeraude pour devenir bleu intense près de l'horizon.

Jean et Colombe, dont la peau pendant la traversée était devenue cuivrée comme celle des habitants des îles, ne pouvaient se lasser de cette vision. Ils avaient travaillé afin de payer leur transport et leur nourriture. La gratitude qu'ils devaient à l'équipage pour avoir été repêchés dans l'estuaire de la Loire venait en plus. Jean participa aux quarts comme tout autre matelot. Colombe apprit l'art de l'épissure[1] et la couture sur voiles et seconda efficacement le voilier du bord. En bavardant avec le voilier, elle apprit en outre l'anglais avec une facilité qui stupéfia Jean et Claude.

Le premier jour à Cap-Français, la moitié de l'équipage eut la permission d'aller à terre pendant que les autres commençaient le déchargement. Le deuxième jour, ce fut le tour de la seconde équipe dans laquelle se trouvaient Colombe et Jean d'aller à terre. À chaque escale, les marins qui quittaient le bord recevaient du capitaine une avance sur la prime de retour, une somme prudemment modique puisque destinée à être dépensée en entier le jour même. Jean et Colombe, en tant que matelots surnuméraires, ne s'attendaient pas à bénéficier de cet usage. Se trouver à bord du *Pride* était déjà en soi un formidable cadeau du destin. Mais le capitaine, assis avec Claude derrière une table pliante portant le livre de comptes du bord, leur fit signe d'approcher. Le visage impassible, il leur remit à chacun une petite pile de pièces de cuivre et leur désigna une

---

1. Manière de joindre deux cordes bout à bout en les tressant ensemble.

plume afin de signer en face de leurs noms dûment inscrits sur le livre. Jean hésita. Interloqué, il regarda l'officier sans comprendre.

— Tous ceux qui travaillent à mon bord reçoivent un salaire, dit celui-ci d'un ton rogue, même les ouvriers de la onzième heure. Maintenant dépêchez-vous d'écrire vos noms et cessez de faire perdre du temps à tout le monde.

Jean signa en un instant. Colombe qui avait commencé d'apprendre à écrire sur le *Pride*, aidée en cela par Jean et Claude, s'appliqua, traçant avec soin les pleins et les déliés de son nom pour faire honneur à sa première signature officielle. Puis ils empochèrent leur viatique et sautèrent à bord de la chaloupe dont les occupants impatients détachaient déjà l'amarre. Le capitaine fronça un instant les sourcils en les voyant s'envoler. Ce protestant austère se demandait soudain s'il était bien convenable de laisser ainsi un garçon de cet âge et une jeune fille s'en aller seuls flâner à terre... Il haussa les épaules. Il était trop tard pour se poser la question. La barque était déjà partie et le Père éternel lui-même ne pourrait pas convaincre des marins en permission après six semaines de mer de faire demi-tour.

C'était la première fois depuis des mois que Jean et Colombe se promenaient en liberté. L'un et l'autre avaient passé leur enfance à vagabonder, indépendants comme de jeunes animaux libres de toute barrière, la mère de Colombe ayant été sur ce point aussi peu sourcilleuse que l'oncle du Couëdic. Tout cela s'était arrêté lors de l'arrestation de Jean et l'entrée de Colombe chez les Roubau. Aujourd'hui, enfin, ils éprouvaient à nouveau le bonheur d'aller et venir à leur guise. Mais en plus, ils étaient *ensemble*, Jean et Colombe, Colombe et Jean, se tenant par la main comme tous les amoureux du monde, sur cette île fabuleuse aux mille couleurs et aux mille senteurs qui était leur premier contact avec les Amériques.

Le port et les rues avoisinantes étaient comme un grand marché. Ils inspectèrent les étalages, reniflèrent et tâtèrent des fruits de toutes les couleurs dont ils ne savaient pas le nom, ils s'en gavèrent à se rendre malade, pensant ne jamais en être rassasiés après les semaines de soupe au poisson et au biscuit de mer qui constituait l'unique menu à bord du *Pride*. Ils achetèrent des beignets recouverts de petits cristaux de sucre brun – friandise exquise ! – qui s'envolaient quand ils riaient et constellaient leurs visages et leurs vêtements. Une énorme dame créole trônant derrière un éventaire constitué par une planche posée sur deux caisses vendait du punch. Ils goûtèrent celui contenant des morceaux de citron et, par acquit de conscience, voulurent essayer aussi celui dans lequel des feuilles de menthe trempaient. Vingt dieux, qu'il était fort ! Le rhum leur fit venir le feu aux joues, la chaleur leur fusa par tout le corps et ils furent pris d'une soudaine envie de rire et de chanter. Ils poursuivirent leur exploration des ruelles de Cap-Français, moitié dansant, moitié marchant, où ils firent encore l'achat d'un chapeau de paille destiné à protéger Colombe du Soleil des tropiques.

Leur vagabondage les amena jusqu'à l'extrémité du quai, sur une place singulièrement animée. Elle les fit songer à l'excitation qui régnait sur les marchés de Bretagne les jours de foire aux bestiaux. Les gens allaient, venaient, s'interpellaient. Curieux, ils se frayèrent un chemin pour voir ce qu'on vendait ici et qui générait une telle foule. Apparemment, c'était une vente aux enchères. Des gens attroupés autour d'une tribune lançaient des prix. Un maquignon à la voix de stentor, du haut de l'estrade, dirigeait la vente. Pendant un moment, Jean et Colombe ne comprirent pas l'étrange spectacle qui se déroulait sous leurs yeux. Autour du maquignon, il n'y avait pas des veaux ou des génisses mais des hommes noirs. La vente marchait bon train. Le groupe d'hommes trouva vite preneur. Trois femmes furent poussées sur l'estrade et une nouvelle mise à prix fut lancée.

— Mais que se passe-t-il ? Qu'est-ce que cela ? interrogea Colombe.

— Le bois d'ébène, murmura Jean, dégrisé d'un seul coup.

Colombe s'emporta :

— De quoi me parles-tu, de bois d'ébène ? Reviens avec nous ! Tu as bu trop de ce rhum ! Où vois-tu du bois ? Qu'arrive-t-il à ces gens ?

— On les vend, dit Jean.

Jean et Colombe avaient déjà rencontré des

Nègres. À Nantes, il était courant de rencontrer des indigènes d'Afrique arrivés en France à bord des navires marchands ou ramenés des Antilles par des planteurs de retour à la maison. Ce n'était pas le sort attendant ceux-là qui, sitôt achetés, partiraient vers les plantations.

Jean poursuivit, la voix nouée :

— On les a amenés ici depuis l'Afrique et on les vend comme esclaves. Le commerce du bois d'ébène, c'est une façon voilée de parler du trafic des esclaves noirs. Mon oncle et ses amis en parlaient souvent. Ils disaient que la traite des Noirs était une honte pour l'humanité, un crime dont notre siècle aurait éternellement à rougir. Je disais « oui, oui, bien sûr », mais je ne comprenais pas vraiment. Tout cela, c'était des mots, c'était très loin. Aujourd'hui je comprends ce qu'ils voulaient dire...

Colombe baissa les yeux, prit la main de Jean et l'entraîna en arrière.

— Partons d'ici, dit-elle, retournons au *Pride*...

Claude attendait Jean et Colombe en haut de l'échelle de coupée. Bon camarade, il se réjouissait du plaisir que ses deux amis avaient dû prendre pendant leur journée de liberté.

— Alors ? Vous êtes-vous bien amusés ? C'est une belle ville, n'est-ce pas ? quand on ne la connaît pas encore... Je vous signale que vous sentez le rhum à dix pas, mes petits enfants. Mieux vaudrait ne pas vous approcher du capitaine avant d'avoir cuvé... Au moins, on pourra dire que vous avez profité de votre permission...

Colombe et Jean se sentaient incapables de répondre à la bonne humeur de leur compagnon.

— Eh bien ! vous en faites, des têtes, observa Claude. C'est le punch des Antilles qui vous travaille l'estomac ? C'est tout ce que vous avez à raconter à de pauvres travailleurs qui ont coltiné des caisses toute la journée ? Si ça vous fait cet effet-là d'aller à terre, la prochaine fois, donnez-moi votre tour...

Jean désigna du doigt l'extrémité du môle.

— Claude, qu'est-ce exactement que cette place là-bas, cet endroit où il y a beaucoup de monde... ?

Le second posa sa main au-dessus de ses yeux.

— Là-bas ? C'est le marché aux esclaves, bien sûr !

— Comment ça « bien sûr » ? demanda Colombe avec violence. C'est donc « bien sûr », c'est donc évident qu'on vende des gens au marché comme des bœufs ?

Claude ouvrit des yeux ronds.

— Mais où vous croyez-vous, les beaux enfants ? Nous sommes à Saint-Domingue, ici. C'est le carrefour entre l'Atlantique et la mer Caraïbe. Une des plus grandes places pour le trafic des esclaves d'Afrique. Les trois quarts des bateaux que vous voyez autour de vous sont des négriers. Vous croyez que le sucre pousse tout seul ? Oui, il pousse tout seul, à condition d'avoir beaucoup de gens pour récolter la canne. Comment pensez-vous que les armateurs de Nantes et de Bordeaux, oui, ceux qui possèdent ces belles maisons en ville, font leur fortune ? Si vous ne l'avez jamais compris, c'est qu'à Nantes, c'est le seul port d'où leurs navires partent à vide.

Claude posa les deux mains sur le bordage. Tous trois contemplèrent un moment en silence le bout du quai et ce qu'on pouvait distinguer du marché aux esclaves. Enfin, Colombe demanda :

— Croyez-vous que tout ça finira un jour ?

— Peut-être, répondit Claude, mais dans longtemps. Il y a trop d'argent à gagner, trop facilement. Je ne vois pas ce qui pourrait arrêter une mécanique si bien enclenchée. Ces bateaux que vous voyez là... ce sont des Américains. Ils ne viennent que de Caroline et de Virginie. Ils viennent ici chercher des Noirs en bon état, c'est-à-dire ceux qui ont résisté à la traversée.

— Tu veux dire, interrogea Jean avec une douleur soudaine, qu'il y a aussi des esclaves sur le continent américain ?

— Bien entendu, il y a aussi des esclaves sur le continent américain. Dans toutes les provinces du Sud. Qui d'autre récolterait le tabac et le coton ?

Claude remarqua soudain l'expression de souffrance sur le visage de ses deux amis.

— Mais, les enfants, que croyiez-vous ? Que l'Amérique était une terre d'équité et d'amour du prochain ? Revenez sur Terre ! C'est un endroit aussi dur, injuste et âpre au gain que partout ailleurs.

— Oui, je le croyais, dit Jean qui ressentait la douleur de qui voit son rêve s'écrouler. Je croyais que les provinces d'Amérique étaient appelées à devenir la plus grande république du monde. Mais comment une république peut-elle être possible dans un pays qui achète des esclaves ? Une république n'est-elle pas un endroit où tous les citoyens sont libres et égaux ?

— Toi, fils, tu vas te plaire à Boston, observa Claude. J'ai l'impression d'entendre parler les membres du club de mon père, ou notre capitaine quand il est dans ses jours causants... Allez, consolez-vous, les idéalistes : dans les provinces du Nord, nous n'avons pas d'esclaves. Nous sommes contre. Et la république, je te garantis que nous l'aurons un jour. Il suffira pour ça de foutre les Anglais à la mer.

15

Le *Pride* reprit la mer encore une fois et mit le cap au nord-ouest. Au près bon plein et poussé par le courant favorable, il longea les côtes des Caroline et de la Virginie. Comme prévu, on accosta encore une fois, à Portsmouth en Virginie pour décharger le rhum et embarquer une pleine cargaison de tabac. Puis le vaillant bateau repartit pour la dernière étape. Sauf incident ou coup de vent, on ne devait plus toucher la terre avant Boston. En Virginie, pendant cette fin d'été, la chaleur était humide et accablante. Mais très vite, dès qu'on eut fait un peu de route vers le nord, le *Pride* retrouva le froid.

Colombe, assise en tailleur à même le pont, adossée à la soute à voile qui l'abritait tant bien que mal du vent, cousait une pièce sur un foc déchiré. Elle graissa son fil en le passant sur un morceau de suif, cala l'aiguille sur la paumelle de cuir et de fer qui lui protégeait le creux de la main et, de la main gauche, tira l'aiguillée à travers les deux épaisseurs de grosse toile.

— Tu t'en sors bien, ma fille, constata le maître voilier. Ce n'est pourtant pas un travail facile pour une femme. C'est plutôt du travail pour les grosses pattes d'un homme...

Colombe frissonna et remonta le col du caban de laine bleue prêté par Claude.

— Fait-il déjà froid à Boston ? demanda-t-elle.

— Non. Il fait froid en mer. C'est normal. Sauf aux tropiques, il fait toujours froid en mer. Métier de marin, métier de chien. Mais à la maison, nous serons chez nous pour le plus beau moment de l'année. Les chaleurs seront finies. Ça va être l'été indien, là-haut... Tu vas voir ça, ma fille, l'été indien en Massachusetts, c'est un petit morceau du paradis...

— Et ensuite ?

— Et ensuite quoi ? après l'été, c'est l'hiver.

— L'hiver à Boston, c'est plus froid qu'à Nantes ?

— Pour ça, oui. Janvier, février, tout s'engourdit chez nous. Il peut neiger dru, aussi...

Jean avait terminé son quart. Ceux de son équipe descendaient retrouver leur hamac. Il choisit de plutôt venir s'asseoir un moment près de Colombe et du voilier. Il s'assit par terre, s'adossa à un rouleau de cordages et ferma les yeux. Claude vint aussi par-là. Les deux mains appuyées au bordage, il surveillait l'horizon. Ce nuage dense, blanc et gris, en forme de cylindre, là-bas, qui semblait toucher l'eau, était-ce un grain ? Oui, conclut-il, c'en était un, mais il passerait sous le vent... Il émergea de sa méditation météorologique et demanda à brûle-pourpoint :

— À Boston, qu'allez-vous faire ?

— Travailler, répondit Jean sans ouvrir les yeux.

— Et faire la république, ajouta Colombe.

— Beau programme, mais je vous parle de demain, ou dans une semaine... Le jour où nous allons débarquer... Où allez-vous habiter ? Le capitaine vous permettra sans doute de rester quelques jours à bord si vous le demandez, mais ensuite ? Est-ce que vous connaissez quelqu'un à Boston ?

— Oui, dit Jean. Une personne. L'ami de mon oncle. Celui avec qui il échangeait des lettres.

— Comment s'appelle-t-il ?

— Bartholomé Green. Il nous aidera peut-être à trouver un endroit où habiter.

— Je le connais, dit le voilier. Il est imprimeur dans School Street.

— Les enfants, dit Claude, comprenez une chose : à Boston, vous ne pourrez pas vivre sous le même toit.

— Tiens donc ! dit Colombe. Et pourquoi ?

— À cause de ta réputation, Colombe. Chez nous, les gens sont très à cheval sur les convenances. Vous ne pouvez pas vivre ensemble sans être mariés.

Vous choqueriez toutes les familles vertueuses de la ville.

— Est-ce si grave de vexer les bigots ? demanda Colombe, les yeux rieurs.

— Très grave. À Boston, ce sont ces familles qui font l'autorité. On ne peut pas jouer avec ça. La tâche n'est pas facile pour des émigrants fraîchement débarqués. Les gens de notre ville sont accueillants et généreux à condition qu'on respecte leurs valeurs. Si vous vous fermez les portes des maisons honorables, vous allez bien vous compliquer le travail.

— Si je peux me permettre, monsieur le second a raison, ma p'tite Colombe, intervint le voilier. Si tu fais ça, tu traîneras toute ta vie une réputation de fille sans vergogne. Chez nous, les gens bien ne pardonnent pas ça. Et tu ne trouveras jamais à t'employer que dans des cabarets à matelots.

Jean écoutait en silence. En fait, il avait déjà songé à ces difficultés à venir mais sans les cerner aussi nettement que venaient de le faire le second et le maître voilier. Quand le voilier proféra les mots de « cabarets à matelots », il se sentit profondément injurié. Il lança un regard meurtrier sur l'homme assis en tailleur en train de travailler à ses voiles ; regard que, par chance, personne ne remarqua. Descendant de toute une lignée de gentilshommes bretons à la tête dure et au sang vif, Jean, pendant un instant, fut sur le point de se lever, de culbuter le voilier et de l'envoyer rouler sur le pont ; heureusement, le calme revint de lui-même dans son esprit et il s'abstint. Il retomba dans ses pensées. Colombe méritait d'être une reine, songea Jean sans se faire la remarque que cette image était un tant soit peu illogique venant d'un partisan de la république... Si l'on était resté en Bretagne, elle fût devenue « Madame du Couëdic, noble dame ». Les Américains s'étaient débarrassés de ce préjugé de la noblesse et c'était tant mieux. Du reste, Colombe avait mille fois plus de noblesse naturelle que toutes les mijaurées titrées mises en tas... Colombe, décida Jean, serait une grande dame de Boston. La plus belle, la plus influente. Les autres filles ne seraient là que pour l'entourer, l'admirer et mettre en valeur sa supériorité naturelle... Le Ciel avait fait un miracle rien que pour lui. Il avait mis sur sa route cette fille extraordinaire, une fille comme il devait y en avoir une tous les mille ans. Et où ce prodige avait-il eu lieu ? Dans le lieu le plus sinistre de la Terre : dans la prison de Nantes ! Si ce n'était pas un miracle, c'était quoi alors ? Et Colombe, sans un regard en arrière, avait sauté du haut du rempart pour le suivre... Il n'était pas encore revenu de cette surprise... Et ces deux imbéciles qui s'imaginaient que lui, Jean du Couëdic, allait laisser Colombe travailler dans des tavernes à matelots... ! Qu'ils y aillent eux-mêmes, dans leurs cabarets, parmi les ivrognes et les vomissures ! Ils y seraient exactement à leur place !

Jean était injuste envers Claude et le maître voilier, lesquels n'avaient pas eu un instant l'idée d'offenser Colombe, bien au contraire. Tous deux s'étaient montrés depuis Nantes la générosité même et Jean en était bien conscient. Mais il leur en voulait de n'avoir même pas imaginé combien cette dernière évocation était injurieuse pour Colombe.

Claude poursuivit :

— J'ai eu une idée... écoutez-moi : Colombe pourrait venir habiter chez mes parents.

— Sans Jean ? demanda Colombe d'une voix qui se noua.

— Eh bien, oui, sans moi, dit Jean.

Il n'ajouta rien. Sa colère contre le second et le voilier était tombée. Claude avait fait cette proposition sur un ton brusque, presque bourru, mais il y avait une fabuleuse quantité d'amitié dans cette offre. Colombe et Jean la ressentirent dans toute son ampleur.

Jean répondit d'une voix presque basse :

— C'est gentil, Claude, merci beaucoup.

Colombe ne dit rien. Ses yeux s'étaient emplis de larmes. Larmes d'amitié envers Claude. Mais aussi larmes de découragement : faudrait-il se séparer le jour même où l'on toucherait la terre américaine ? À quoi cela servait-il de s'être enfuis si loin ensemble si c'était pour retrouver les barrières, les convenances, les murs, les règles édictées par la société ? La bonne société de Boston, elle n'avait donc rien de mieux à faire – l'indépendance de l'Amérique, la république, l'interdiction de l'esclavage ! – que séparer Colombe et Jean ?

Claude se sentit plein de compassion pour les

deux enfants. Il essaya de présenter les choses sous un jour meilleur.

— Tout cela n'est que pour un temps... Et vous vous verrez tous les jours si vous voulez...

Il se trouvait très maladroit. Très cruel aussi. Il s'en voulait de ce rôle de rabat-joie, de grand cousin raisonnable et sermonneur, bref de parent, qu'il avait endossé, lui qui s'était toujours moqué de la pudibonderie des adultes de sa ville... Pour essayer de consoler tout le monde, il conclut :

— Nous avons encore le temps de décider d'ici Boston... Réfléchissez...

Jean et Colombe réfléchirent. Claude, sur le fond, avait raison. On ne pouvait pas, à peine débarqués, se mettre en marge des citoyens de Boston. Mais leurs réflexions aboutirent à une conclusion simple à laquelle le second n'avait pas songé. Pour rien au monde, ils ne voulaient se quitter ; ils ne pouvaient pas vivre ensemble parce qu'ils n'étaient pas mariés ; la solution était donc de se marier au plus vite, à bord, et de débarquer à Boston comme mari et femme, ce qui clouerait le bec à la médisance.

Ils n'en parlèrent pas à Claude, qui allait certainement trouver mille chipotages à opposer à ce projet. Mieux valait s'adresser au bon Dieu qu'à ses saints. À bord, le bon Dieu, c'était le capitaine. Par tradition, il avait autorité pour marier un couple se trouvant sur son bord. Jean guetta donc le moment où le bon Dieu lui semblait de la meilleure humeur possible et l'aborda.

— Monsieur le capitaine, puis-je vous parler quelques minutes ?

Le capitaine laissa tomber sur son interlocuteur un regard impassible.

— Je t'écoute.

— Monsieur le capitaine, pourriez-vous nous marier, Colombe et moi, avant d'arriver à Boston ?

Le bras du capitaine eut un mouvement de recul et Jean vit arriver sur lui la plus belle gifle de sa carrière. Il ne fit pas un mouvement pour l'esquiver et l'encaissa stoïquement. Une gifle, ce n'était pas grand-chose. À vrai dire, il ne s'attendait pas à être bien reçu mais il avait préparé avec soin son argumentaire et il avait de bonnes espérances que le capitaine y serait sensible.

— Laissez-moi vous expliquer, capitaine. Colombe a tout quitté pour partir avec moi. Mon devoir d'homme (en France, il eût parlé de son « devoir de gentilhomme », mais face à un républicain, il lui parut prudent de glisser sur ce point) est de veiller sur elle et de ne jamais la quitter. Si nous ne sommes pas mari et femme, les gens pourront se méprendre sur notre façon de vivre... Ils pourront croire que Colombe est une fille sans principes et moi, un homme sans honneur.

Le capitaine ne semblait pas accorder beaucoup d'intérêt à la plaidoirie de Jean. Il considérait le garçon avec une curiosité froide, comme un naturaliste découvrant une plante un peu surprenante.

— Rappelle-moi ton âge, dit-il enfin.

— Quinze ans.

Jean ne mentait que de quelques mois. Le capitaine se tut un instant, puis reprit :

— Et la jeune fille ?

— Quinze ans aussi.

Jean trichait dans la même proportion.

— C'est la plus belle sottise que j'aie jamais entendue. Il ne faut pas croire que l'Amérique soit une terre d'anarchie. Nous aussi, nous avons des lois. Et de plus, ce qui étonne parfois les gens du Vieux Continent, nous les observons. On ne peut pas se marier à votre âge sans y être autorisé par la famille.

— Nous n'avons plus de famille ni l'un ni l'autre.

Le capitaine planta son regard dans celui du garçon.

— Plus du tout ?

Jean sentit avec fureur qu'il perdait pied. Impossible de mentir sous un regard pareil qui vous scrutait jusque dans l'intérieur de la tête. Il ressentit avec dépit qu'il rougissait, il hésita un instant, un instant de trop, et ne put faire autrement que reconnaître :

— De la famille éloignée. Ils sont en France.

— Ah, tu vois bien ! dit le capitaine, flegmatique. C'est donc à vos familles de décider. Il n'est bien entendu pas question que vous habitiez ensemble en arrivant à Boston. Colombe ira vivre dans la famille

Lamaison. Le vieux Nathanaël est le meilleur homme du monde, elle y sera très bien...

(Cochon de Claude ! songea Jean, il avait déjà mis le capitaine au courant de son projet... Au fait, c'était peut-être le capitaine lui-même qui avait eu cette idée-là...)

— ... Et pour sa réputation, elle n'a rien à craindre. Elle sera dans cette maison en sécurité comme dans un couvent. Et toi, tu pourras penser au mariage, disons, vers vingt-cinq ans, quand tu auras appris un métier et que tu seras capable de nourrir et d'élever une famille... En quelque sorte, de faire ton devoir d'homme, comme tu le dis toi-même.

— Alors ? demanda Colombe qui avait anxieusement observé de loin l'entretien entre Jean et le capitaine.

— C'est non. Définitivement non. Ce n'est même pas la peine d'essayer de lui en reparler.

— Alors, qu'allons-nous faire ?

À la surprise de Colombe, qui ne voyait ces jours-ci que des nouvelles fâcheuses s'accumuler, Jean eut un sourire plein de malice, un sourire confiant et victorieux.

— Ce que nous allons faire ? Nous marier quand même, bien entendu !

Colombe sourit aussi.

— Tout de suite ?

— Non, pas tout de suite. Le capitaine est têtu

comme une vieille mule et plus bardé de principes qu'une tortue dans sa carapace. Nous allons faire comme le *Pride* dans le gros temps : réduire la toile et garder le cap. Il nous faut les consentements de nos familles ? Je vais les obtenir, ces consentements, ces bouts de papier, je te le promets, même si je dois retourner à Nantes pour arracher la tienne à ton cousin Roubau.

— Donc, en arrivant à Boston... ?

— En arrivant à Boston, nous allons faire ce que tous ces gens qui veulent notre bien et qui pensent tout savoir désirent que nous fassions. Tu iras chez la mère de Claude et moi ailleurs.

— Ce sera bien triste, dit Colombe avec mélancolie.

— Ce sera bien triste mais nous avons déjà supporté pire. À la prison, quand tu partais après trois ou quatre minutes, c'était pire. Mais nous l'avons fait. Dès que nous aurons ces morceaux de papier, nous nous marierons sans leur demander si nous avons le bon âge, la bonne situation, et ci, et ça... Nous nous marierons parce que nous le voulons, et ce sera tout.

Colombe mit sa main dans celle de Jean et répéta :

— Et ce sera tout. Essaie seulement de faire vite pour les bouts de papier.

Elle réfléchit un instant et conclut :

— C'est quand même une drôle d'idée que nous avons eue de venir nous réfugier dans la ville la plus prude du monde...

Le soir même, ils avertirent Claude qu'ils acceptaient sa proposition. Le bon visage de leur ami s'éclaira d'une joie sincère.

— Je suis heureux de cette décision. C'est celle qui est la bonne, j'en suis sûr.

— Tu ne crains pas que je sois un ennui pour tes parents ? demanda Colombe.

— Penses-tu ! Ils accueilleraient la Terre entière chez eux s'ils en avaient la place. Ils seront contents au contraire, la maison manque d'enfants depuis que nous sommes tous grands. La seule chose que je craigne, c'est qu'ils essaient de te convertir au protestantisme. Ils ne vont pas pouvoir s'en empêcher.

— Colombe est naturellement têtue, et puis elle est bretonne, dit Jean, flegmatique. Pour la convertir, il faudra se lever de bonne heure.

— Je leur expliquerai très poliment, dit Colombe, que la religion catholique était celle de ma mère et qu'il m'est impossible d'en changer. Et, à propos, Claude... merci pour tout.

Le premier jour de septembre, le *Pride* doubla l'île de Nantucket et le cap Cod. Le lendemain, il entra dans la rade de Boston. On était le 2 septembre de 1720. Le voyage depuis Nantes avait duré exactement trois mois.

16

Boston. Jean et Colombe appuyés au bordage du *Pride* découvraient la ville dont le nom avait enflammé leur rêve et déchaîné leur désir de partir. Elle était cinq ou six fois plus grande que ce qu'ils avaient imaginé.

— Elle est belle, pas vrai ? demanda le maître voilier qui se tenait à leur côté.

Il était bostonien de la troisième génération, né dans la ville de parents nés dans la ville, et il en était fier comme d'un titre de noblesse.

— Chaque fois que nous rentrons, poursuivit-il, et que je la vois apparaître au bout de son chenal, c'est plus fort que moi, elle me met les larmes dans les yeux. Faut-il être bête, à cinquante ans passés... Sentez-vous son odeur ?

Le vent apportait un mélange de senteurs de chêne, de résine, de sable et d'eau de rivière.

— Le croiriez-vous ? Parfois, quand le vent souffle de terre, je reconnais son odeur alors qu'on ne la voit pas encore...

Cent ans plus tôt, une petite communauté d'émigrants anglais avait choisi la presqu'île formée par l'embouchure de la Charles River pour s'y installer. La baie de Boston, calme et profonde, protégée de la houle et des tempêtes de l'Atlantique nord par la courbure de la côte, formait le port naturel le plus vaste et le plus sûr qu'on puisse trouver. Les navires avaient afflué. Boston, en peu de temps, était devenue la ville la plus active de l'Amérique du Nord.

Jean et Colombe se taisaient. Ils subissaient le charme de l'endroit. Tout était vaste, vert, calme. Dans la baie, après le froid de la pleine mer, on retrouvait un air tiède et une rassurante chaleur. La ville était en pente. Des maisons construites en briques et en bois, à l'extérieur soigné, montaient en étages le long de la colline. Plusieurs clochers et clochetons émergeaient des toits.

— Elle a encore grandi, dit le voilier. Ces maisons, là-haut, elles n'existaient pas quand nous sommes partis. C'est comme une ruche, ici. Chaque jour, les bûcherons entrent dans la forêt, la cognée sur l'épaule et, chaque jour, de nouvelles maisons poussent.

Le *Pride* vint s'amarrer le long d'un quai. Le voyage était terminé. À chaque retour à la maison, l'habitude était que chacun rentrât chez soi retrouver sa famille sitôt les voiles affalées et rangées. Le déchargement, les comptes, la paye, tout ça pouvait attendre qu'on ait embrassé les siens. Aucun des membres de l'équipage ne s'attarda. Claude, Jean et Colombe quittèrent le bord parmi les derniers. Après tous ces jours de mer, le sol, comme les vagues, leur semblait onduler sous leurs pas. C'était la fin de la journée. Le Soleil orange, presque rouge, se couchait derrière les trois collines qui abritaient la ville. L'air était chaud et parfumé. Claude s'inquiéta soudain.

— Où vas-tu comme ça, Jean ?

— Chercher ce monsieur Green. Le voilier m'a expliqué le chemin. Il paraît que c'est facile à trouver. Il faut monter jusqu'à l'hôtel de ville, School Street est sur la gauche et l'imprimerie est au milieu.

— Il est déjà tard. Tu ne veux pas rester cette nuit à bord ?

— Je reviendrai tout à l'heure pour y dormir. Mais M. Green ne sait sans doute pas ce qui est arrivé à mon oncle. Il doit s'étonner de son silence. J'ai envie de le rencontrer dès ce soir.

— Alors, va, Jean, et bonne chance !

— Merci. Salue et remercie pour moi tes parents. Et n'oublie pas que tu réponds de la sécurité de Colombe sur ta vie.

Claude plongea son regard dans celui de Jean. C'était bien ce qu'il pensait : Jean parlait sérieusement. Il n'y avait pas une once de plaisanterie dans ce qu'il venait de dire.

— Je l'entendais bien comme ça, répondit le second.

Colombe prit la main de Jean.

— Bonne nuit, dit-elle avec douceur. À demain, au bateau...

— À demain, Colombe. Bonne nuit, toi aussi...

Jean tourna le dos au port. On lui avait indiqué le clocheton qui surmontait l'hôtel de ville. Il choisit une rue en pente qui semblait aller dans cette direction-là et il partit d'un pas ferme à la conquête de Boston.

Il trouva facilement School Street.

Imprimerie B. Green. Une maison de briques rouges. Les volets donnant sur la rue étaient fermés. La journée de travail devait être terminée. Mais une fenêtre à l'étage était ouverte en grand, Jean frappa à la porte et appela.

— Monsieur Green ?

Pendant un instant, il se remémora le matin d'avril où il avait cogné en vain aux volets de la maison de Pontcallec. Il n'eut pas le temps de s'attarder sur ces noirs souvenirs, une tête apparut à la fenêtre et lança :

— C'est Campbell qui vous envoie ? S'il veut encore changer un article, dites-lui que c'est non, non et non ! Cinquante fois non ! Mes ouvriers sont partis, le journal est entièrement composé et on commence à imprimer demain matin à six heures. On ne touche plus un mot de ce texte, est-ce clair ? Pas un mot, pas même une lettre ! Dites-lui qu'il est trop tard ! Mais je crois qu'il est totalement imperméable à cette notion...

Jean ne comprit pas bien le motif de ce discours courroucé en anglais mais le personnage qui déclamait à la fenêtre le fit éclater de rire. C'était la mère Michel exigeant le retour de son chat. Un homme vêtu d'une chemise au col défait, les cheveux en bataille, les lunettes posées sur le front, agitait les bras à travers la fenêtre pour exprimer de façon plus convaincante son indignation.

Cette gaieté surprit l'homme à la fenêtre. Il interrompit sa harangue, fit descendre ses lunettes de son front à son nez et considéra son interlocuteur dans la rue. Ce n'était pas l'un des garçons du magasin de Campbell. C'était un mousse rigolard au visage tanné par le soleil du large, son petit baluchon posé à ses pieds.

Il constata :

— Vous ne venez pas de chez Campbell.

— Non, répondit Jean, je cherche M. Bartholomé Green.

— C'est moi. Je descends vous ouvrir.

Et, comme au guignol, il disparut de sa fenêtre. Jean eut le temps de songer que ce curieux M. Green était vraiment un homme accueillant. Il ne lui avait même pas demandé qui il était... Apparemment, il n'en voulait qu'à ce Campbell. La porte s'ouvrit. M. Green avait pris le temps de passer une redingote sur sa chemise toujours aussi ouverte.

— Entrez, dit-il, et montez chez moi, nous y serons mieux que dans l'imprimerie. Excusez cette réception mais j'ai cru que c'était Campbell qui vous envoyait.

Ils gravirent un étroit escalier de bois. En escaladant les marches derrière son hôte, Jean s'interrogeait sur ce Campbell. Il avait dû faire à M. Green quelque chose d'abominable.

— Vous comprenez, reprit l'imprimeur apparemment soulevé par une nouvelle vague d'indignation, chaque mardi soir, c'est la même chose. Le journal est composé, prêt à imprimer, prêt à paraître le mercredi à quatre heures, comme il se doit. Nous tirons les épreuves, tout va bien, je ferme ma boutique, je monte chez moi et, au moment où je vais enfin m'asseoir et souffler un peu, Campbell apparaît dans la rue comme vous tout à l'heure : « Bartholomé, mon cher ami, avez-vous relu notre article sur ci ou ça ? Ça ne va pas du tout. Nous changeons tout. » La semaine dernière, j'y ai encore passé la moitié de la nuit. Alors, maintenant, c'est non !

— Vous avez certainement raison, monsieur, dit Jean, conciliant. De quel journal parlez-vous ?

L'imprimeur se retourna, surpris et scandalisé.

— Comment : quel journal ? Mais Le *Courrier de*

Boston[1], bien entendu ! Comment pouvez-vous vous trouver à Boston et ne pas connaître Le *Courrier* ?

— C'est-à-dire que je viens d'arriver, s'excusa Jean. J'arrive de France.

M. Green le considéra à nouveau de haut en bas, mais cette fois avec la plus grande attention. L'imprimeur avait une chevelure grise ébouriffée et de larges yeux bleus d'enfant curieux.

— Vous arrivez de France ? Ça, c'est intéressant ! La guerre contre l'Espagne est-elle décidée ?

— Je ne sais pas, dit Jean. J'étais sur le *Pride* qui est arrivé aujourd'hui. Notre voyage a été long. Quand nous avons quitté Nantes, je crois qu'elle ne l'était pas.

— Vous venez de Nantes ? J'ai un très estimable ami à Nantes...

— Je sais. Je suis Jean du Couëdic, le neveu de votre ami.

— Que ne le disiez-vous plus tôt ? Êtes-vous le fils de son frère, le garçon qu'il élève ? Je vous connais. Votre oncle est un homme très modeste, il répugne à parler de lui dans ses lettres mais parfois il ne peut s'empêcher de vous consacrer quelques lignes. Je crois qu'il est fier de vous.

Jean réunit tout son courage :

— Mon oncle est mort, monsieur Green. Je suis venu ce soir pour vous l'annoncer.

---

1. *Le Courrier de Boston*, *The Boston News-Letter*, a commencé à paraître en 1704 et existe toujours.

Le visage et toute la personne de M. Green s'immobilisèrent.

— Seigneur Dieu ! dit-il enfin. Quand cela est-il arrivé ? A-t-il été malade ?

— C'était en avril. Il n'a pas été malade... Il a péri sur l'échafaud avec trois de ses amis, les meilleurs hommes que la Bretagne ait connus.

— Dieu tout-puissant ! dit Green à voix presque basse, Dieu tout-puissant... ! Dire que je n'en savais rien... Je ne recevais plus de ses lettres mais j'accusais la négligence des bateaux...

L'imprimeur ne savait que dire ni que faire. Il se décida enfin. Il secoua la tête comme si ce geste avait le pouvoir de mettre de côté pour un moment les pensées pénibles, il toussota afin de raffermir sa voix et demanda :

— Vous venez d'arriver, avez-vous dit ? Savez-vous où dormir ce soir ?

— Oui. À bord du *Pride*.

— J'ai une petite chambre dans mon grenier. On y étouffe en été, on y gèle en hiver mais le reste de l'année, on y est très bien. Si elle vous convient, elle est à vous. J'allais me mettre à table, voulez-vous dîner avec moi ?

— Je ne voudrais pas vous déranger.

— Vous me ferez plaisir, au contraire. Je vis seul. Mangeons, Jean. Vous devez avoir faim. Vous m'avez bien dit que vous vous appelez Jean ? Nous parlerons plus tard, quand nous serons moins émus.

M. Green alla chercher deux plats en fonte qui

attendaient au chaud sur le fourneau de la cuisine et les déposa sur la table. L'un contenait des morceaux de viande dans une sauce, l'autre de curieux légumes jaunes en forme de gros œufs. Jean attarda son regard sur cette drôle de nourriture.

— Vous n'avez jamais vu de pommes de terre ? demanda M. Green.

— Ah, des pommes de terre, oui, j'en ai vu. Certains fermiers près de Nantes en font pousser, mais...

Jean s'interrompit de peur de froisser son hôte. Celui-ci termina la phrase à sa place.

— Mais c'est seulement bon pour les cochons. Préjugé de la vieille Europe. Sottise. Stupidité criminelle. En France, en Angleterre, les années de mauvaise récolte de blé, des gens meurent de faim alors que les pommes de terre ne demandent qu'à pousser, même dans le plus pauvre des sols. Mais ce n'est bon qu'à nourrir les cochons, les miséreux à la rigueur... Tenez, Jean, regardez comment on s'y prend. Écrasez-les, puis une pincée de sel, et répandez dessus la sauce du ragoût. Maintenant, goûtez.

Jean porta à ses lèvres une cuillerée du mélange. C'était exquis. À la fois doux dans la bouche et savoureux.

— Ch'est très bon, dit-il la bouche pleine.

— Ah ! Vous voyez... Et regardez les enfants dans nos rues, tous nourris de pommes de terre et de maïs, s'ils sont beaux et gras... Servez-vous mieux que ça, Jean, on mange mal sur les bateaux.

Alors qu'ils finissaient, M. Green demanda :

— Voulez-vous maintenant me raconter ce qui est arrivé à votre oncle ? À moins bien entendu qu'il vous soit trop pénible d'en parler...

— Au contraire, dit Jean, c'est de garder tout ça pour moi qui est pénible.

— Je suis bien convaincu qu'il n'a commis aucun crime.

— Détrompez-vous, dit Jean sombrement, mon oncle et ses amis ont été reconnus coupables « d'intentions et de projets de crime de félonie ».

Jean raconta l'arrestation de Pontcallec et de ses compagnons, le piège de la lettre espagnole, le procès sans témoins et sans preuves, le jugement convenu d'avance, la Bretagne effarée et passive. Green, penché en avant, le visage anxieux, écoutait tous les détails du récit de Jean. Quand le garçon se tut, il dit :

— L'arbitraire, Jean... ! L'arbitraire est le plus grand crime des pouvoirs absolus. Ce serait l'honneur d'un roi d'y renoncer, mais pourquoi ferait-il ça ? Ça existe depuis toujours et c'est si commode.

Après un silence, il demanda :

— Et vous ? Pourquoi avez-vous quitté la France ? Étiez-vous aussi en danger ?

— J'étais en prison. On m'a arrêté pour rébellion peu de jours après la mort de mon oncle. Oh ! je ne crois pas qu'ils m'auraient fait grand-chose... Je crois qu'on m'aurait relâché un peu plus tard. J'étais résolu à prendre patience mais, quand le *Pride* est arrivé – on voyait l'estuaire depuis la fenêtre de ma cellule –, j'ai été envahi par le désir de partir. Quand j'étais petit, j'avais déjà ce désir, j'allais voir les bateaux au port, mais c'étaient des rêves d'enfant, ceux qui se suffisent à eux-mêmes. C'est soudain devenu quelque chose d'incroyablement fort. Par chance, il y a eu une grande marée et j'ai pu sauter à l'eau depuis le mur de la prison. J'ai rejoint le *Pride*, et puis voilà...

— Et puis voilà ! répéta Green, j'avais envie de partir, il y avait une grande marée alors j'ai sauté à l'eau depuis le mur de la prison... C'était tout simple, il suffisait d'y songer... Savez-vous que vous êtes un drôle de gaillard, Jean ?

— Je ne sais pas, dit Jean. On ne me l'a jamais dit.

— Vous l'êtes. Prenons un exemple au hasard : moi. Eh bien, même si j'en avais eu un désir fou, je n'aurais jamais été capable de faire ce que vous avez fait. D'abord, j'ai le vertige et ensuite, je ne sais pas nager.

Green se tut un instant.

— Pourquoi le *Pride* a-t-il déchaîné en vous ce désir de partir ?

— Parce qu'il venait de Boston. Boston, c'était un des rêves de mon oncle. Il espérait que les Treize Provinces d'Amérique deviendraient la plus grande république du monde.

M. Green sourit.

— C'est mon rêve aussi. Je ne connais personne qui ait poussé la réflexion à propos d'une société démocratique aussi loin que votre oncle.

Jean sourit.

— « Une société fraternelle, récita-t-il, dans laquelle tous les citoyens sont libres et égaux entre eux. »

— C'est bien cela, dit Green. Son projet d'une république de Bretagne était une chose étonnante. Vous avez bien fait de venir ici, Jean. Soyez le bienvenu à Boston. Avez-vous une idée de ce que vous voulez faire ?

— Devenir marin et épouser Colombe. Ou plutôt, dans l'autre ordre : épouser Colombe et devenir marin.

Cette réponse sembla stupéfier M. Green.

— Vous voulez vous marier ?

— Dès que possible.

— Cette demoiselle... Colombe, est-elle en France ?

— Non. Elle est ici, à Boston. Nous sommes venus ensemble sur le *Pride*. Elle était employée par les gardiens de la prison. Nous parlions quand nous le pouvions. Elle avait un désir aussi fort que le mien de partir. Nous nous sommes échappés ensemble.

— Vous voulez dire que cette jeune fille s'est jetée à l'eau avec vous ?

— Oui. Elle nage admirablement. Et elle croit à la république encore plus fort que moi, c'est dire si elle y croit.

— Vous avez raison, Jean : épousez cette jeune personne dès demain ! Tout de suite, même, si elle veut bien. Et si elle change d'avis, présentez-moi afin que je tente ma chance à mon tour... C'est aussi beau que Roméo et Juliette, votre histoire... Où est-elle, ce soir ? Vous attend-elle sur le bateau ?

— Non. Quand nous étions à bord du *Pride*, l'équipage au grand complet nous a expliqué qu'à Boston on ne plaisantait pas avec la décence. Le second du navire l'a invitée à venir habiter chez sa mère.

— Ils ont raison. On peut rire de tout ici sauf des bonnes mœurs. Pour votre avenir à tous deux, c'est très bien que votre fiancée soit sous l'aile d'une matrone de la ville.

— Ce sera encore mieux quand nous serons ensemble.

— Certes, certes, dit l'imprimeur. Quel âge avez-vous tous les deux ?

— Quinze – Jean se rattrapa, ce n'était plus la peine de mentir –, quatorze ans !

— Quatorze ans, peste ! c'est bien jeune...

— Vous aussi, vous pensez que nous sommes encore des enfants, que nous ne possédons rien et que je ne connais aucun métier ?

— Non, non... Enfin, si ! bien sûr, je le pense un peu... Ne m'en veuillez pas, c'est normal : je suis un adulte, et de plus je suis vieux garçon, ce qui fait que l'idée du mariage me surprend à chaque fois. Mais j'ai toujours pensé qu'il ne faut pas aller contre les passions des gens. Et je crois aussi qu'on a eu tort de contrarier Roméo et Juliette. D'ailleurs, voyez : cette histoire a très mal fini.

Jean sourit :

— Vous pensez que notre mariage est possible ?

Green se pencha en avant.

— Jean, vous allez découvrir en Amérique une chose extraordinaire : ici, tout est possible du moment qu'on agit en respectant le droit et la légalité. Et je crois que cette chose mérite qu'on nous pardonne notre pudibonderie ridicule... Le frère de Campbell est avocat, il nous fera la liste de tout ce qui est nécessaire pour obtenir votre mariage. Ce ne doit pas être bien compliqué.

— Ce Campbell, c'est cette personne avec qui vous êtes fâché ?

L'imprimeur ouvrit des yeux ronds.

— Moi ? Je suis fâché avec Campbell ?

— Quand je suis arrivé, tout à l'heure...

— Ah ! Tout à l'heure... ! (Green, au souvenir de sa fureur à la fenêtre, se mit à rire.) En effet, chaque mardi soir, je suis fâché à mort avec Campbell. Je le jetterais dans les flammes de l'enfer... Mais dès que le journal est imprimé, il redevient mon meilleur ami. Il est libraire, en bas de cette même rue. C'est lui qui, il y a quinze ans, a eu l'idée de créer *Le Courrier de Boston*. Depuis, nous sommes associés. D'ailleurs, savez-vous ? vous venez de me donner une idée. Quand nous en serons à votre mariage, nous publierons dans *Le Courrier* un mignon petit article pour l'annoncer.

— Croyez-vous que ce soit nécessaire ? demanda Jean, étonné.

Green eut soudain l'air d'un alchimiste qui s'apprête à invoquer une puissance insoupçonnée.

— Ne sous-estimez pas le pouvoir des gazettes, Jean. C'est quelque chose de phénoménal. Une force qui me stupéfie, me ravit et m'effraie tout à la fois... Vous n'imaginez pas l'effet que peut produire une nouvelle annoncée dans la même heure à des centaines de personnes à la fois... Et les gens qui prennent l'habitude de lire un journal ne peuvent rapidement plus s'en passer. Ils deviennent de plus en plus exigeants, veulent toujours plus d'information, plus complète, plus détaillée, plus rapide... Si votre oncle avait publié ses travaux, les choses auraient pu être bien différentes.

— Que croyez-vous qu'il se serait passé ?

Green leva les yeux pour réfléchir. Il passa dans sa tignasse ses doigts écartés comme un râteau.

— Eh bien, il est probable qu'à la première ligne imprimée, le pouvoir royal ait ressenti un vif désir de l'envoyer réfléchir à ses idées de démocratie dans une prison d'État. Mais le fait d'être connu l'aurait sans doute protégé. Il est toujours délicat pour un gouvernement d'emprisonner un philosophe connu pour ses idées pacifiques, même s'il a eu le culot de parler de répartition des richesses.

Ils se turent un instant. M. Green reprit :

— Je reviens à mon idée à propos de votre mariage. Une annonce au bon moment, oh ! très discrète, vous rendra familier aux gens de Boston. Ils auront tous l'impression que vous faites un peu partie de leur famille... Faites-moi confiance, tout le monde trouvera votre mariage charmant.

17

Le lendemain matin, Jean vit de loin Colombe qui l'attendait en haut de la planche servant de passerelle pour monter à bord du *Pride*. Ses yeux brillèrent de plaisir quand elle aperçut Jean. Elle l'entraîna vers la soute à voile.

— Viens, dit-elle, je dois commencer mon travail.

Son regard plein de malice signifiait : « Et dans la soute à voile, nous serons *enfin* tous les deux, sans personne pour nous écouter. »

La soute était toute petite. On n'y pouvait circuler qu'en baissant la tête. Elle était tout encombrée de voiles dégréées mais, jusqu'à l'arrivée du maître voilier qui ne se presserait guère, trop heureux d'avoir retrouvé femme et maison, ils y seraient seuls.

— Tu n'as pas dormi sur le bateau, dit Colombe, où étais-tu ?

— Chez M. Green. Mais raconte-moi plutôt comment tu es dans la famille Lamaison.

— Ils sont très gentils. Le père de Claude parle beaucoup en faisant à tout propos des citations de la Bible. Sa maman, Johanna, parle peu mais je crois qu'elle n'en pense pas moins. Elle me couve comme une enfant perdue. Je crois que nous serons bonnes amies. Elle ne voulait pas que je vienne travailler au bateau ce matin. « Ce n'est pas la place d'une fille » , disait-elle... C'est Claude qui a insisté en disant qu'on avait besoin de moi pour l'entretien des voiles. Et son père a dit qu'un travail commencé devait être terminé. Pendant que le *Pride* reste au port, nous devons remettre à neuf toutes les voiles, reprendre les coutures et changer les œillets usés. Il y a plusieurs semaines de travail. Claude m'a dit que je serai payée pour cette tâche... Ce sera bien la première fois de ma vie ! Je suis si contente. Je vais pouvoir dédommager les Lamaison. Je serai bien heureuse de ne plus être à la charge de personne.

Jean s'était laissé tomber sur un tas de voiles comme dans une chaise longue. C'était leur premier moment d'intimité depuis plusieurs jours. Colombe, joyeuse et volubile, parlait. Elle n'était pas déçue par leur premier contact avec Boston et c'était bien là la seule chose importante. Il faisait bon et tiède dans la soute. Les petites vagues du port frappaient contre la coque avec un bruit amical. Plusieurs raisons de cueillir pleinement l'instant présent.

Colombe, fourrageant dans son sac de couture, s'assit près de Jean.

— Regarde, trois lettres à ton nom sont arrivées chez les Lamaison. Ce sont les réponses à celles que tu as données à ce Lorientais, à Sao Miguel. Elles sont venues plus vite que nous. Elles ont été apportées par un bateau du Croisic qui n'a pas fait le détour des Antilles.

Sur la première, Jean reconnut avec une émotion soudaine l'écriture haute et penchée vers l'avant de sa cousine Gwénola. Il avait vu cette écriture presque chaque jour de son enfance et c'était tout le passé qui lui sautait au cœur : le Couëdic sous son toit d'ardoise, l'oncle dans son cabinet de travail, la double allée des tilleuls... « *Mon petit Jean*, écrivait Gwénola, *je t'ai cru mort noyé et j'en ai éprouvé une douleur sans pareille. Je remercie le Ciel de te savoir en vie. Horace et moi, nous sommes installés au Couëdic désormais. Où que tu sois, fais-le-moi savoir et, si tu as besoin d'aide, écris-le-moi...* »

La deuxième lettre était de la petite écriture précise de Kergorlay. « *Mon cher Jean, votre lettre a été pour moi une très grande joie. Vous êtes aux Amériques et c'est fort bien. J'aimerais vous rejoindre mais, depuis toutes ces épreuves, je suis devenu trop vieux et trop fragile pour un si grand changement. La dernière fois que nous nous sommes vus, je vous ai dit que quand toutes les portes semblent se fermer, c'est par-*

fois une nouvelle vie qui commence... On peut dire qu'au propre et au figuré, vous m'avez pris au mot. Soyez heureux dans votre nouvelle vie et pensez parfois à moi qui vous aime. Votre ami Pierre. »

La troisième, la plus étonnante, était du père Roubau. « *Monsieur Jean* (en prison, j'étais "Jeannot" songea Jean, l'évasion fait gagner en considération...), *j'ai été bien soulagé d'apprendre que Colombe et vous étiez saufs. Ma femme surtout se faisait du mauvais sang en pensant qu'elle avait pris la petite chez nous pour la faire se noyer. Elle ne croyait pas que vous lui tourneriez la tête au point de se jeter à l'eau depuis le rempart. Je lui réponds qu'avec les femmes, on ne peut jamais savoir. C'est une drôle d'idée que vous avez eue de vous sauver. Vous étiez dans ma prison comme un coq en pâte, il suffisait d'attendre que les événements se calment et l'on vous aurait rendu à la liberté, mais si la patience était la vertu des jeunes gens, ça se saurait. C'est une idée encore plus étrange, quand on porte un nom comme le vôtre, d'aller aux Amériques où c'est tout vauriens, canailles et mauvais sujets. Ma femme se tourmente de savoir la petite dans ce pays de sauvages. Elle vous demande de lui dire qu'elle peut rentrer à Nantes et qu'on ne lui fera pas de reproches parce que c'est dans la nature des filles d'avoir la tête tournée par les beaux gars, et qu'on n'y peut rien. Le conseil vaut pour vous aussi, croyez-moi, même si chez soi ce n'est pas parfait, on y est toujours mieux qu'ailleurs.* »

Colombe murmura, parlant des Roubau :

— Ils ont bon cœur...

Jean aussi était touché par la générosité des geôliers, par ce pardon accordé sans être demandé. Le papier était de belle qualité. Le père Roubau avait dû faire tout spécialement l'achat de cette feuille. L'écriture était soignée, l'orthographe avait été vérifiée. Il devina l'inquiétude que les Roubau éprouvaient pour Colombe. Que pouvaient-ils bien imaginer ? Ils devaient croire qu'une ville américaine était une sorte de repaire de pirates. Un port sans quais au fond d'une baie. Des navires à l'ancre. Une ville sans rues. Des bouges à matelots pour seuls commerces où – eux aussi devaient immanquablement avoir eu cette idée – Colombe travaillait déjà comme servante...

— As-tu envie de retourner à Nantes ? demanda Jean.

— Bien entendu, dit-elle, je meurs d'envie de retourner garder la prison. Écris-leur pour moi, Jean. Bientôt, je pourrai le faire seule mais pas encore. Dis-leur que je leur demande pardon de m'être ainsi enfuie, que je les remercie de m'avoir prise chez eux quand je n'avais rien, et de m'offrir aujourd'hui de revenir. Mais, désormais, ma vie est ici.

La journée de travail sur le *Pride* terminée, Colombe s'en retourna chez les Lamaison et Jean à l'imprimerie. M. Green l'attendait. C'était un homme qui ne savait pas attendre quand un projet lui avait traversé l'esprit.

— Ah ! Jean, vous voilà... Je pense à votre projet depuis ce matin. Je suis allé en parler avec Campbell et, toute affaire cessante, nous sommes allés rendre visite à son frère l'avocat. Eh bien, votre affaire n'est pas si compliquée que ça ! Pour vous marier avant l'âge de vingt et un ans, il vous suffit à chacun de produire une autorisation écrite du chef de votre famille. Vous êtes tous deux orphelins, m'avez-vous dit ? Alors le chef de famille est l'homme majeur qui vous est le plus proche.

— Mon beau-cousin Horace, dit Jean, et, pour Colombe, le père Roubau.

— Écrivez dès ce soir à ces personnes. Il vous faut aussi l'un et l'autre votre acte de baptême, afin de prouver que c'est bien vous que cette autorisation concerne.

— Mais s'ils refusent ? interrogea Jean. S'ils répondent qu'il n'en est pas question ?

— Nous y avons réfléchi. Alors, vous ferez disparaître au feu les lettres de refus et vous irez demander au juge votre émancipation en prétendant que vous n'avez plus aucune famille. Le frère de Campbell dit que ça peut marcher. Mais nous n'en sommes pas encore là. Qu'allez-vous faire quand votre bateau sera déchargé ?

— Je ne sais pas. Il me faudra trouver du travail. Les marins du *Pride* m'ont dit que sur les quais, on embauchait à la journée.

— Excessivement dur et mal payé ! Laissez tomber. Nous avons besoin au journal de quelqu'un sachant lire le français, vous êtes l'homme de la situation. Vous m'avez bien dit que vous vouliez devenir marin ? Ne voudriez-vous pas plutôt devenir journaliste ?

Jean ouvrit des yeux étonnés.

— Je n'y ai jamais pensé. Pour tout vous dire, j'ai découvert hier soir en arrivant chez vous ce qu'est un journal. Mon oncle lisait des gazettes, il les annotait même avec soin au crayon, mais je n'y prêtais guère d'attention. C'était quelque chose qui faisait partie de la vie de tous les jours, comme allumer le feu ou servir la soupe. Mais en prison, j'ai découvert à quel point il est pénible d'être tenu dans l'ignorance de ce qui se passe... Pour ce qui est de devenir marin, je crois que j'ai ce désir depuis que je suis tout petit.

— Drôle d'idée ! Le désert de l'océan pendant la moitié de l'année, le froid, les vêtements qui ne sèchent jamais, le sel qui finit par tout imbiber... Mais je sais qu'il ne sert à rien d'essayer de convaincre de renoncer quelqu'un qui est habité par ce genre de désir. Vous, les gens de mer, avez la tête plus dure que les mâts de vos bateaux. Nous vous aiderons à trouver un embarquement comme enseigne[1] mais je pense que vous aurez à l'attendre un peu. D'abord, nous entrons dans l'hiver. Il y aura moins de départs de navire. Et de toute façon, vous êtes trop jeune. Pour commander aux hommes d'équipage, il vous

1. Élève-officier.

faut grandir encore et prendre un peu de poil et d'os. Comptez une ou deux, peut-être trois années... Cela vous laisse du temps devant vous. Alors, pendant ce temps, voulez-vous travailler avec nous au *Courrier* ?

Jean se mit à rire.

— Les choses avec vous ne traînent pas. Bien sûr, monsieur Green, j'ai envie de travailler avec vous. Et je vous remercie pour tout ce que vous faites pour moi depuis vingt-quatre heures que nous nous connaissons.

— Nous nous connaissons depuis bien plus longtemps que ça. Votre oncle et moi nous sommes écrit pendant au moins dix années. Je crois qu'il m'a toujours parlé de vous.

— Et moi, il me lisait vos lettres. Et en anglais à partir de mes douze ans, pour m'habituer, disait-il, à penser en anglais.

— Eh bien, c'est chose convenue ! Voulez-vous commencer demain ?

— J'aimerais auparavant finir mon travail à bord du *Pride*. D'autant plus que je n'ai pas encore été payé.

M. Green se souvint soudain de l'existence de Colombe qui, s'il avait bien compris, se trouvait durant la journée à bord de ce bateau.

— Bien entendu, dit-il, où avais-je la tête ? Eh bien, dès que vous serez libre... Le journal, Jean, c'est l'avenir. Écrire ses idées dans un livre, c'est passionnant, mais combien de personnes vont-elles les lire ? Assez peu : les personnes instruites, les gens qui ont de l'argent à gaspiller en élucubrations imprimées... Mais le journal, Jean... Il est facile à lire, il s'adresse à tous parce qu'il parle de la vie de tous les jours et il coûte très peu d'argent. Tout le monde peut lire le journal, même ceux qui ne savent pas lire car une personne lit à plusieurs autres.

Pendant les soirées qui suivirent, dans l'imprimerie endormie et plongée dans la pénombre, Jean, assis derrière le bureau de M. Green éclairé par deux bougies, vida plusieurs encriers et noircit une importante quantité de feuilles de papier.

La première lettre fut pour Gwénola. Celle-là était un plaisir. On pouvait parler de façon naturelle, câline. Pour un peu, on aurait pu croire qu'elle était là, assise dans la demi-obscurité de l'imprimerie... « *Ma chère Gwénola, chère grande cousine, j'ai un grand, un immense service à te demander. Je t'ai parlé de Colombe dans ma première lettre. Eh bien, Colombe et moi, nous voulons nous marier. Tout de suite. Ne me demande pas pourquoi, nous n'en savons rien. Nous savons seulement que nous le voulons plus fort que n'importe quoi. Il me faut pour cela la permission de ton mari Horace qui est, je crois, notre nouveau chef de famille depuis la mort de mon oncle. Je vais lui écrire aujourd'hui ou demain pour lui demander cette autorisation. Je ne sais pas du tout comment il va prendre la chose. C'est là que tu interviens : si Horace se montrait réticent, puis-je te demander de plaider notre cause ? Dis-lui ce que tu veux, je sais que tu es plus habile que n'importe qui pour avoir le dernier mot. Si tu réussis cela, ma Gwénola, Colombe et moi t'en aurons une reconnaissance aussi longue que notre vie. Boston est une ville plus belle et plus grande que tout ce que nous avions imaginé quand mon oncle nous en parlait. Quand j'aurai terminé mon engagement de matelot, je vais travailler pour une gazette. Ne le dis peut-être pas à Horace, il est possible que ce projet-là ne lui plaise pas. Ou, du moins, ne lui dis que lorsqu'il aura signé (et envoyé) mon autorisation de mariage.* »

La deuxième lettre, destinée à Horace, fut d'une rédaction beaucoup plus ardue. Avant tout, il convenait de se montrer déférent car son beau-cousin était sûrement très imbu de son nouveau statut de chef de famille. Du respect à la louche, donc, mais sans platitude et en se gardant de tout ce qui pourrait ressembler à de la dérision. Il fallait se montrer indépendant mais pas arrogant. Il fallait laisser transparaître une volonté arrêtée mais éviter la provocation... La composition de cette lettre nécessita trois soirées complètes et un grand nombre de brouillons. Enfin, le quatrième jour, sa missive lui parut presque correcte et il s'en tint là.

Ensuite, il fallut écrire aux Roubau. Comment allait-on appâter ces poissons-là ? Par la vanité. Que Colombe devienne noble dame, cela devrait plutôt faire plaisir à sa famille, non ? En prison, la mère Roubau avait rarement manqué une occasion de traiter Jean de « graine de noble » en y mettant tout le dédain possible. Avec un peu de recul, Jean y voyait surtout une manifestation de jalousie de classe. Que sa petite cousine pénètre dans la caste prestigieuse et elle allait vite changer d'avis... Il était inutile de leur préciser qu'en Amérique, les titres de noblesse, c'était du vent ou presque... Alors, Jean, glissant sur le fait qu'il n'était à l'heure actuelle qu'un prisonnier en rupture de ban, sans le sou de surcroît, rédigea la lettre modèle, empressée et ampoulée, d'un jeune gentilhomme possédant terres et château au tuteur d'une jeune fille afin de demander la main de celle-ci. Il termina sa lettre par cette phrase : « ... *Dans l'attente anxieuse d'une réponse favorable venant de vous, croyez, monsieur, que je prends déjà la liberté d'appeler monsieur mon beau-père, à mes sentiments respectueux et dévoués. Jean du Couëdic.* » Il se relut et se demanda si, finalement, il n'en avait pas fait un peu beaucoup... Non, songea-t-il, mieux valait une louche de miel qu'une petite cuiller, on risquait moins de se tromper.

Il termina par une lettre au cher Pierre Kergorlay. Celle-là était toute d'amitié, sans périphrases, sans formules de politesse à peser, sans service à demander. On pouvait écrire à cœur ouvert. Il noircit quatre pages d'écriture serrée. Il raconta Boston, le *Pride*, *Le Courrier*... Il narra le voyage, décrivit ce qu'il avait vu de la traite des Noirs à Saint-Domingue et dans le port de Virginie où l'on avait accosté. Colombe avait une telle finesse d'oreille qu'elle comprenait déjà l'anglais de Boston mieux que lui... Et enfin, il parla de leur projet de mariage, Colombe et lui, et de tout l'espoir qu'ils y mettaient.

Jean confia ses quatre lettres au capitaine d'une goélette française, la *Marie-Madeleine*, qui reprenait la mer pour Bordeaux. Il n'y avait maintenant plus qu'à prendre patience et attendre les réponses. Elles pouvaient arriver dans plusieurs semaines ou dans plusieurs mois selon le temps qu'il ferait sur l'océan, et selon les itinéraires plus ou moins directs des navires qui s'en seraient chargé.

18

Le déchargement du *Pride* était terminé. Le navire était au calfatage[1], qui allait durer plusieurs semaines. Colombe et le voilier du bord poursuivaient leur travail de remise à neuf de toute la voilerie. Les primes avaient été versées à l'équipage. Jean et Colombe avaient reçu les leurs, les plus modestes du bord, ce qui était normal, puisqu'ils étaient les plus jeunes membres de l'équipage, et de plus embarqués en cours de voyage. Toutefois, ce premier argent gagné leur causa une intense satisfaction. L'un et l'autre, c'était la première fois qu'ils possédaient quelque chose à eux, gagné de leurs mains. On allait

1. Travail qui consiste à entretenir l'étanchéité du pont et de la coque d'un navire en bois.

pouvoir dédommager un peu Green et la famille Lamaison et cesser de vivre de la générosité des autres.

Jean n'avait plus de fonction à bord du *Pride* immobilisé. Il travaillait désormais à l'imprimerie et pour *Le Courrier de Boston*. À l'imprimerie, il apprenait à composer un texte en caractères de plomb et à faire tourner la presse à imprimer. Au journal, Campbell et Green, enchantés qu'un Français authentique leur soit tombé du ciel, lui confiaient les gazettes françaises qui arrivaient – un peu en retard – pour qu'il en retire les informations dignes d'être traduites et republiées dans *Le Courrier de Boston*.

Jean découvrit que les Bostoniens étaient friands de tout ce qui concernait Louis XV, l'enfant-roi. Le destin de l'orphelin des Tuileries, l'histoire du petit roi triste émouvaient ces pionniers sentimentaux. Une question passionnait ces colons au cœur tendre : les fiançailles entre Louis XV le Bien-Aimé et la petite infante espagnole Marie-Anne-Victoire, âgée d'à peine deux ans et demi, allaient-elles se conclure[1] ? Ces fiançailles étaient excessivement délicates à régler. Courriers et ambassadeurs couraient les uns derrière les autres comme des fourmis sur la route entre Madrid et Paris. À Boston, la belle histoire des deux enfants royaux au teint clair et aux grands yeux passionnait tout le monde et, dans l'attente du dénouement, on se consumait de délicieuse

1. Et mettre fin aux querelles entre la France et l'Espagne.

incertitude. « Il faut dire, pensait Jean, que les nouvelles un peu légères, un peu jolies, un peu romanesques ne sont pas légion dans cette ville, qui doit être la plus sérieuse du monde. »

Une rubrique du *Courrier* annonçait les arrivées et les départs de navires. Jean se chargea de cette chronique que personne du reste ne songea à lui disputer. Se rendre sur les bassins les jours de mauvais temps était considéré comme la corvée du journal. « Être payé pour aller tous les jours sur le port, songeait Jean, quel rêve ! » Il inventa d'enrichir sa rubrique. Il montait à bord des bateaux et se faisait raconter les voyages, l'itinéraire, les mouillages, les tempêtes ou les calmes rencontrés, toutes les péripéties des voyages au long cours qui intéressaient au plus haut point les habitants de cette ville de marins. Et chaque descente au port permettait une visite au *Pride* et à sa belle voilière.

Les Anglais étaient là. Et bien là. Jean s'en rendit vite compte.

Ceux qu'on rencontrait dans la rue étaient plutôt bon enfant. Le passage d'une patrouille de gros garçons aux joues roses et aux habits rouges ne déclenchait aucune réaction de crainte, et les enfants continuaient de jouer jusque dans leurs pieds. Rien à voir avec la méfiance suscitée par les dragons français en Bretagne.

En gros, les Américains faisaient chez eux ce qu'ils voulaient. Ils créaient leurs entreprises, ouvraient leurs écoles, priaient Qui ils souhaitaient, mais tout cela à la condition absolue de payer les impôts anglais. L'Angleterre avait d'énormes besoins d'argent. Tout était bon à taxer. Taxes sur le sucre. Taxes sur le thé. Pour les navires : taxe pour entrer dans le port et, bien entendu, autre taxe pour en ressortir. Taxes sur le papier imprimé : les livres, les journaux et même les cartes à jouer étaient imposés.

La taxe sur le papier imprimé frappait durement *Le Courrier de Boston*. Tous les mois, un commis du gouverneur anglais passait à l'imprimerie. On faisait le compte des exemplaires vendus, le commis calculait le montant de l'impôt, et Campbell et Green comptaient la somme. Les deux directeurs se trouvaient ensuite pour quelques heures dans un état de complet accablement. Ils n'avaient même pas la consolation d'en vouloir au commis, de le maudire à travers la porte et de le vouer aux gémonies ; c'était un petit homme mal payé qui ne faisait que son travail, s'en excusait presque et avait toujours peur de déranger. Il se faisait du souci pour sa fille cadette qui toussait et dont la toux ne voulait pas guérir. Il redoutait pour cette enfant l'arrivée de l'hiver américain.

— Ils nous prennent tout ! soupira Campbell après le départ du commis.

— Tout le bénéfice y passe, renchérit Green. Sans eux, nous pourrions augmenter le tirage, et le format aussi.

— Est-ce à dessein ? demanda Jean qui descendait l'escalier de l'imprimerie en portant une théière brûlante et des tasses.

C'était du thé de contrebande que Jean avait acheté sur le port à des marins hollandais. Du thé sans taxe. Une modeste théière de la révolte destinée à apporter un peu de réconfort aux deux patrons du *Courrier de Boston,* qui semblaient en avoir bien besoin.

— Même pas, répondit Green. Si nous pouvions nous dire qu'ils veulent empêcher *Le Courrier* de parler trop haut, ce pourrait être une consolation. Nous pourrions alors nous imaginer que nous avons une espèce d'importance. Mais ce n'est même pas le cas. Leur avidité n'est que rapacité à courte vue. Ils savent qu'ils paralysent l'essor de nos entreprises, mais que leur importe du moment qu'ils encaissent tout de suite la monnaie ? Ils ne tuent pas la poule aux œufs d'or, ils la plument !

— Les Anglais ne contrôlent jamais ce que nous publions dans *Le Courrier* ? interrogea Jean.

— Non, répondit Campbell. Bien entendu, si nous écrivions que les grands marchands de Londres sont des fumiers qui mettent l'Amérique en coupe réglée, que le roi George est un Allemand[1] ahuri remarquable seulement par son insurpassable nullité, il est certain que nous aurions des ennuis.

— Dieu soit loué, dit Green, il n'est pas besoin

---

1. George Ier d'Angleterre était un prince d'origine allemande.

d'écrire ces choses en toutes lettres, les suggérer suffit.

— Croyez-vous, demanda Jean, que les Américains supporteront longtemps ce rançonnage ?

Green et Campbell se regardèrent.

— Encore longtemps, oui, je le crains, finit par dire Green. La majorité des gens, ici, sont d'origine anglaise. L'Angleterre reste enracinée dans leur cœur. Pour eux, rompre avec l'Angleterre, ce serait comme rompre avec sa famille. Ça peut se faire mais ce n'est pas si facile...

— Beaucoup de nos concitoyens voient dans l'avenir une vaste alliance entre l'Angleterre et l'Amérique, ajouta Campbell, une sorte d'empire qui aurait un pied de chaque côté de l'océan. Mais il faudrait pour cela que les Anglais consentent à voir l'Amérique comme un pays adulte, un partenaire assumant ses droits et ses devoirs, et non comme une propriété de rapport.

— Est-ce cela que vous souhaitez ? demanda Jean.

— Non, répondit Green. Pas de situation mi-chèvre, mi-chou. Nous voulons une république américaine indépendante. Un pays libre. Et il faudra parvenir à faire l'union des provinces américaines, ce qui ne sera pas une petite affaire. Aujourd'hui, il n'y a pas une Amérique, il y en a treize, toutes différentes.

— Et il existe un fossé majeur entre le Nord et le Sud, poursuivit Campbell, c'est l'esclavage. Pour faire l'union, soit les planteurs du Sud renonceront à l'esclavage, ce qui les ruinera, soit, nous, les gens du Nord, nous devrons renoncer à nos principes de liberté et d'égalité.

— Impossible ! s'exclama Green. Savez-vous ce qu'est cette traite des Noirs qu'on appelle hypocritement le commerce du bois d'ébène ? C'est la déportation du peuple d'un continent, l'Afrique, pour exploiter un deuxième continent, l'Amérique, afin d'en enrichir un troisième, l'Europe.

— Il y a un autre choix, observa Jean, nous pouvons faire d'abord l'union des provinces américaines en nous supportant comme nous sommes (il disait déjà « nous » pour désigner l'Amérique dans son ensemble). Nous chassons les Anglais. Et ensuite, à l'intérieur de l'Amérique indépendante, nous mettrons fin à l'esclavage.

— Et l'abolition, dit Campbell, poursuivant l'idée de Jean, se fera d'autant plus facilement que la traite n'enrichira plus directement les armateurs de Londres et de Bordeaux.

Les deux directeurs du *Courrier de Boston* se dévisagèrent.

— Il va vite en besogne, ce garçon, remarqua Campbell.

— Très, confirma Green. Et il n'est là que depuis deux mois.

Enfin, un jour d'automne où le ciel était d'un bleu éblouissant et le froid déjà vif, deux lettres adressées à Jean, venant de France, arrivèrent à l'imprimerie. L'une portait l'écriture affectueuse de Gwénola. L'autre, plus épaisse, était d'une écriture distinguée et inconnue. Jean ouvrit celle-là d'abord. Elle contenait une dizaine de feuilles. Il alla tout droit à la signature. Elle se terminait par un paraphe alambiqué : Horace de Trévinec du Couëdic.

Jean laissa sa table et l'article qu'il était en train de composer. Il alla se poster devant la fenêtre, la tête inclinée vers la vitre, pour commencer sa lecture : « *Mon cher Jean,* écrivait Horace, *je tiens avant tout à vous dire à quel point j'ai été heureux d'apprendre que vous étiez sain et sauf après cette folle équipée qui aurait pu vous coûter la vie...* (Folle équipée, toi-même ! songea Jean. Va donc en prison une semaine, tu comprendras.)

« *Sachez que je me suis mis en rapport à votre sujet avec plusieurs membres de la noblesse bretonne. Ces messieurs, qui approchent de fort près le gouverneur, sont d'accord sur ce point : vous pourriez rentrer en France dans quelques mois, dans un an au plus tard. Son Excellence le gouverneur aurait alors la bonté d'oublier vos incartades...*

— Je l'emmerde, ton Excellence ! dit Jean à voix haute, et toi avec.

Ses compagnons de l'imprimerie, surpris, tournèrent les yeux dans sa direction mais il ne s'en aperçut même pas. Le front appuyé à la fenêtre, plongé dans ses pensées, il songeait : « c'était donc pour des mois ou des années que ce gouverneur avait l'intention de me tenir sous clef... »

Il reprit sa lecture : « *Je vous parle en frère aîné, en chef de famille. Revenez en France. La place d'un du Couëdic n'est pas aux Colonies. Mon beau-père, votre oncle, éprouvait de l'intérêt pour le Nouveau Monde mais il s'agissait de la curiosité honorable d'un homme de science. Peut-être la fougue de votre jeunesse est-elle cause que vous avez mal compris cette curiosité. Le nom que vous portez ne doit pas être terni par ce séjour dans une terre à peine civilisée.* (Tu peux même dire ce "pays de sauvages", pensa Jean, et tu seras à l'unisson avec le père Roubau. Lui et toi avez exactement les mêmes préjugés. Si tu avais entendu l'oncle du Couëdic parler de ce qu'il pensait de ce fatras d'histoires de naissance, tu en serais tombé raide. Toi, à quatre-vingts ans, tu croiras encore dur comme fer que Nantes est le nombril du monde et qu'être membre de la noblesse bretonne tient lieu de mérite.)

« *J'en viens à votre projet de mariage. Je vous le dis tout net : je le désapprouve formellement. Le mariage est un engagement dans lequel on ne doit pas se jeter à la première amourette venue. Et, si j'ai bien compris, la personne à qui vous voulez donner notre nom, quoique certainement charmante, n'est pas née*[1]. *Croyez-moi, Jean, renoncez à ce mariage. Expliquez à cette jeune fille que la différence de naissance rend un*

---

1. Il faut comprendre bien évidemment : elle n'est pas née dans la noblesse.

mariage entre vous impossible. Si elle a du cœur, elle comprendra. Mon intention était de vous refuser l'autorisation que vous me demandez... ("Était" ? observa Jean.)

« ... *Mais ma chère épouse, votre cousine, insiste et me presse, et, pour tout dire, me fait une vie impossible pour que je vous l'envoie tout de même. Elle prétend que, depuis votre enfance, vous êtes d'un naturel opiniâtre qui vous fait vous entêter quand on vous refuse quelque chose. Selon votre cousine, face à un refus, vous seriez capable de vous passer de permission. En revanche, vous seriez un garçon d'une raison au-dessus de votre âge dès lors qu'on fait appel à votre intelligence. J'espère donc, vous ayant parlé comme à un homme, avoir su vous persuader. Je fais confiance à votre bon sens. J'espère vous revoir bientôt en bonne santé. Votre cousin, Horace de Trévinec du Couëdic.*

Deux feuilles annexes suivaient. Ô joie ! ô merveille ! L'une était un acte par lequel « Horace-César-Hercule-Erwan de Trévinec du Couëdic, chef de famille, autorisait Jean-Marie-Philémon du Couëdic, son cousin mineur, séjournant actuellement à Boston, colonie de la Couronne anglaise, à contracter mariage avec ... », le nom était laissé en blanc. L'autre était l'acte de baptême de Jean, que Gwénola et Horace avaient dû retrouver dans les papiers de l'oncle.

Jean, riant tout seul, embrassa l'enveloppe portant l'écriture de Gwénola. C'était grâce à elle, tout ça. « Merci, merci, merci, chère délicieuse merveilleuse adorable petite cousine, mon bon ange sur Terre ! exulta Jean. Que ferais-je sans toi ? Et merci à toi aussi, mon vieil Horace ! Merci d'être "moi, quand je dis non, c'est non ! Jamais je ne signerai cette permission ! Où est ma plume et où dois-je signer... ?" En reconnaissance de ce que tu fais pour moi aujourd'hui, je te promets, tiens... de ne plus jamais dire du mal de toi ! Et voilà, c'est promis ! Une seule chose encore : si vraiment tu ne voulais pas de ce mariage, tu as eu tort de me faire confiance.

Jean, maintenant rasséréné, ouvrit la seconde lettre. « *Mon petit Jean, tu as peut-être reçu ou tu recevras bientôt les papiers que tu demandais. Quand Horace a lu ta lettre, il n'a d'abord rien voulu entendre. Il paraît que mon père et moi t'avons "élevé avec une faiblesse coupable...", que je te "passe tous tes caprices..." et que "si, lui, avait osé à ton âge faire une pareille demande, il aurait reçu en récompense une correction dont nous n'avons pas idée..." J'ai dû dépenser un peu d'éloquence et de diplomatie mais j'ai gagné. Je suppose qu'Horace a cédé en partie parce qu'il pense que ta demande n'est qu'une toquade qui t'aura déjà passé quand sa lettre t'arrivera, le courrier étant si long. Mais je ne voudrais pas que tu aies une mauvaise opinion de lui. C'est le meilleur homme qui soit, travailleur autant qu'on peut l'être et généreux comme personne. La preuve : ce consentement qu'il t'envoie au rebours de tous ses principes. J'ai bien compris, moi, que ton désir n'a rien d'un coup de tête. Je crois que ce que vous avez vécu, Colombe et toi, est indiciblement fort. Mariez-vous et je vous souhaite de tout mon cœur d'être heureux. Quel bonheur de pouvoir écrire ces mots alors que pendant plusieurs semaines je vous ai crus morts... ! Écris-moi et raconte-moi cette Amérique que papa aimait tant...* »

Jean, toujours tourné vers sa fenêtre, souriait à la lettre de Gwénola. « Ne crains rien, ma gentille Gwénola, pensa-t-il, j'ai la meilleure opinion du monde à propos de ton mari. Je viens d'ailleurs de m'y engager solennellement pour le restant de mes jours. Je lui reconnais toutes les qualités, sans exception. Et toi, tu es tout simplement la meilleure cousine de la Terre... »

Le chef d'atelier qui avait suivi, ainsi que tous ses compagnons, les diverses expressions passant sur le visage de Jean au cours de sa lecture lança à travers l'imprimerie :

— Eh, bien, *John* ! Il semblerait que ce sont finalement de bonnes nouvelles que vous recevez là.

Jean, rayonnant, se retourna. Il esquissa trois entrechats sur le plancher de l'atelier tout en répondant :

— Excellentes, excellentes, excellentes...

Il se sentait soudain envahi du désir de voir Colombe. Tout de suite. Il allait descendre jusqu'au port en courant comme un poulain échappé, grimper en deux enjambées à bord du *Pride*, courir tout droit à la soute à voile, en ouvrir la porte comme s'il l'enfonçait et tomber hors d'haleine aux pieds de Colombe en lui remettant, comme l'hommage d'un chevalier à sa reine, le précieux message qu'il venait de recevoir. Il happa son manteau pendu à une patère.

— Il est déjà tard, annonça-t-il à la cantonade (il n'avait d'ailleurs à ce moment-là pas la moindre idée de l'heure ; était-on le matin ? l'après-midi ?) Il est grand temps que j'aille au port... Dites à M. Green que je suis allé faire le relevé des départs et des arrivées.

Et il disparut dans School Street en oubliant son manteau sur le dossier d'une chaise. Le chef d'atelier sortit la tête dans la rue, au bout de laquelle Jean avait déjà disparu.

— Mais, *John*, dit-il, vous y êtes déjà allé tout à l'heure !...

chevalier à sa tente, le procès, le passage où il raconte
de [illegible]. Il [illegible] son manteau pendu à une
perche.

Il est déjà tard [illegible] la certitude de [illegible]
avait [illegible] ce moment-là pas la réponse [illegible]
[illegible] (est-ce [illegible] cinq ?) Il est
grand temps [illegible]. M. Green
[illegible] le départ [illegible]
[illegible]

[illegible] disparaît [illegible] sur le dossier d'une chaise. Le [illegible]
[illegible] dans la rue, au bout [illegible] elle était
[illegible] déjà [illegible].

— Mais [illegible] déjà [illegible]
[illegible]

Il [illegible]
[illegible]
[illegible]
[illegible]
[illegible]
[illegible]
[illegible]
[illegible]
nord et [illegible]
l'Europe [illegible].

Un jour [illegible] dans la ga-
lerie du Prado [illegible]
Colombe [illegible]
leur travail chacun [illegible] un peintre

19

Il restait maintenant à attendre la réponse des Roubau. Pendant les semaines qui suivirent, Colombe et Jean, emplis d'allégresse par la réussite de la première partie de leur plan, ne s'en inquiétèrent pas trop. Mais cette seconde réponse s'obstinait à ne pas arriver. L'automne était déjà bien entamé. Noël approchait. Le froid arrivait. Bientôt, les hargneuses tempêtes d'hiver s'installeraient sur l'Atlantique nord et le va-et-vient des navires entre Boston et l'Europe s'interromprait.

Un jour de décembre, il faisait si froid dans la voilerie du *Pride* que les doigts s'engourdissaient. Colombe et le voilier avaient décidé d'aller continuer leur travail chacun chez soi, auprès d'un poêle.

Colombe recousait donc les œillets du foc volant du *Pride* assise au coin du feu chez les Lamaison, à la grande joie de Marjolaine, la petite-fille âgée de quatre ans de Johanna et de Nathanaël. Marjolaine avait voué à Colombe une véritable vénération dès l'instant où celle-ci était arrivée chez ses grands-parents. La fillette avait construit aux pieds de Colombe un village en petits morceaux de bois. De temps en temps, elle levait la tête et sollicitait de son amie un arbitrage entre les personnages de son village. Colombe participait de bonne grâce au jeu. Elle s'efforçait de chasser de son esprit le souci qui la poursuivait : le silence des Roubau. Mais malgré ses efforts, malgré la conversation de Marjolaine, sa pensée y revenait sans cesse. Pourquoi ses cousins ne répondaient-ils pas ? Parce qu'ils étaient fâchés, songea-t-elle. Ils devaient être indignés de son manque de reconnaissance... Ils l'avaient accueillie chez eux quand elle n'avait rien. Ils avaient pardonné sa fugue. Mais elle n'était pas rentrée. Elle leur avait seulement annoncé son intention de se marier au plus vite avec un garçon échappé de prison. « Trop, c'est trop ! avaient-ils sans doute tonné. Que cette ingrate fille se débrouille et ne nous demande plus jamais rien ! » Comment leur faire comprendre ? Fallait-il qu'elle passe toute sa vie dans leur prison pour ne pas leur faire de peine... ? Et qu'allait-elle faire, maintenant ? Tout à ses pensées, Colombe se piqua la paume avec son aiguille. Une goutte de sang apparut. Ce n'était qu'un incident qui arrivait souvent dans ce métier de voilier mais Colombe était à cet instant précis si désemparée qu'elle éclata en sanglots. Marjolaine leva un regard inquiet.

— Pourquoi tu pleures ? demanda-t-elle avec angoisse.

— Parce que... parce que je me suis piqué la main, dit Colombe en ouvrant tragiquement sa main gauche où une goutte de sang perlait.

La petite fille fronça les sourcils et se pencha sur la minuscule blessure.

— Il faut appuyer un mouchoir dessus, décréta-t-elle. Donne-moi ta main...

Et avec beaucoup de douceur, elle essuya la plaie. Colombe saisit l'enfant et la serra contre elle, enfonçant son visage dans ses cheveux.

— Marjolaine, dit-elle entre deux sanglots, ça n'est vraiment pas juste, la vie.

— Tu as si mal que ça ? demanda Marjolaine. Je peux souffler, aussi, si tu veux.

Johanna entra à cet instant dans la pièce.

— Colombe, pourquoi pleures-tu ? demanda-t-elle avec exactement la même intonation que sa petite-fille un instant plus tôt.

Marjolaine répondit à la place de Colombe.

— Parce qu'elle s'est fait mal à la main et que c'est vraiment pas juste la vie.

— Tu as le mal du pays ? Cela arrive à tout le monde, ici, tu sais. Surtout quand on arrive.

Colombe fit non de la tête et ses pleurs reprirent.

— Les Roubau ne répondent pas, dit-elle. Ils ne

répondront jamais. Ils m'en veulent parce que je me suis enfuie de chez eux.

Johanna, en bonne amie, était bien entendu au courant de tout ce qui concernait les Roubau, la prison de Nantes et ce consentement écrit qui n'arrivait pas.

— Tu n'en sais rien, observa-t-elle. Le courrier entre la France et l'Amérique, ce peut être très long. Il suffit que le navire qui s'est chargé de leur lettre ait eu une avarie, ce sont des choses qui se voient tous les jours. La lettre peut s'être perdue, ça aussi, ça arrive souvent.

Tous ces arguments étaient parfaitement raisonnables mais Colombe voyait tout en noir désormais. Elle secoua la tête.

— C'est aussi ce que dit Jean, mais je sens bien, moi, qu'ils ne veulent pas répondre. Et pourquoi répondraient-ils ? Ils ont voulu me faire du bien et moi, dès que j'ai pu, je me suis sauvée le plus loin possible d'eux.

— Colombe, tu dis des bêtises, tu parles sans savoir.

— Qu'est-ce que je vais faire, maintenant ?

— Prendre patience. Au besoin, tu vas leur écrire une deuxième fois et laisser aux lettres le temps de voyager.

— Et s'ils ne répondent toujours pas ?

— Alors, ce sera très simple. Nathanaël et moi, nous t'adopterons et nous autoriserons notre nouvelle fille à se marier plus tôt que de raison avec un polisson français aux cheveux blonds toujours dépeignés qui n'a pas un sou devant lui.

Colombe ouvrit des yeux ronds.

— Vous feriez cela pour moi ? Vous accepteriez une fille catholique ?

— Ça ne nous fera qu'une fille de plus. Et pour la religion, Nathanaël va peut-être soulever une ou deux objections, mais rien de bien grave.

— Et, toi, ça ne te gênera pas ?

— Oh ! moi..., dit Johanna avec un philosophique geste de la main, à mon âge, je commence à penser que tout cela n'a pas beaucoup d'importance. Je crois qu'il est bien égal à Dieu qu'on Le prie d'une façon ou d'une autre. Il sait tout, Il voit tout, Sa bonté est infinie, alors qu'on aille à l'église, au temple ou ailleurs...

— Johanna, dit Colombe, j'ai soudain un doute. Je me demande si tu es une véritable protestante.

— Je me le demande parfois aussi, répondit Johanna avec un sourire confus qui lui creusa de malicieuses petites rides au coin des yeux. Mais, soyez gentilles, toutes les deux, ne le répétez à personne, ma réputation serait perdue.

Il faisait un froid glacial sur le port. Le vent de nord-est balayait les quais, traversait les vêtements, glaçait les orteils dans les chaussures et les doigts dans les poches. Jean était monté à bord du *Pride*. Il avait été content d'apprendre que Colombe se trouvait au chaud chez les Lamaison. Maintenant, il arpentait les quais déserts. Un navire, anglais semblait-il, était arrivé la veille. Il avait mouillé en pleine eau pour éviter de payer les droits de port (un radin, songea Jean, ou alors une expédition calamiteuse qui n'avait plus un sou). Le bateau était reparti vers midi, profitant d'une demi-journée de temps clair et du vent portant pour s'éloigner de la côte et de ses dangers. Personne ne pouvait dire à Jean son nom ni sa destination. Il décida d'aller jusqu'à une minuscule boutique à l'extrémité des quais, spécialisée dans l'avitaillement des navires miteux. On y vendait les biscuits de mer les plus durs et les moins chers de Boston et de la mélasse épaisse comme du goudron. Si ce bateau était parti pour une traversée de l'océan, il avait certainement fait des provisions, songeait Jean, et s'il avait fait des provisions, ce devait être dans ce comptoir. Et si, même ici, personne ne connaissait ce fantôme, alors *Le Courrier de Boston* se permettrait de ne pas le mentionner.

On le connaissait.

— L'anglais qui a levé l'ancre tout à l'heure ? C'est le *Good Shepherd*[1] de Bristol.

— Savez-vous pourquoi il est parti si vite ?

— C'est un bateau qui a la poisse. Ils ont collectionné toutes les déveines et toutes les avaries depuis leur départ de Bristol. Pour couronner le tout, ils se sont fait refiler à New York une cargaison entière de tabac de pauvre qualité, mal emballé en plus. Leur

1. Le *Bon Pasteur.*

seule solution pour ne pas tout perdre, c'était d'aller le revendre au plus vite à Bristol, avant que l'humidité ait achevé de le transformer en foin. Il ne leur restait même pas de quoi se payer le port. Ils sont partis à la première éclaircie.

Jean remercia. Il allait quitter la boutique quand le propriétaire le rappela.

— Ils ont laissé ces lettres qui attendaient à New York. J'allais les porter au bureau du port mais si vous allez dans cette direction...

Jean les étala fébrilement sur le comptoir. Il y avait peu de chance qu'une lettre de France se trouvât à bord d'un bateau anglais mais celles-ci arrivaient de New York, c'est-à-dire qu'elles pouvaient venir de n'importe où. Elles étaient humides, collées les unes aux autres. L'encre sur certaines était si effacée qu'on pouvait à peine lire le nom du destinataire.

— Le second du *Good Shepherd* s'excuse, expliqua le boutiquier, mais un paquet de mer est entré dans sa cabine. Ce sont des choses qui arrivent.

Sur la plus délavée de toutes, presque illisible, Jean reconnut son nom et au premier coup d'œil devina l'écriture du père Roubau. Il l'ouvrit précipitamment. Il poussa un soupir : par bonheur, les feuilles à l'intérieur avaient peu souffert. Il suffirait de les faire sécher avec soin. La première était un acte établi presque quinze ans plus tôt par le curé de la Chapelle-sur-Erdre relatant que l'enfant Colombe-Marie Le Bihan était née le dix-huitième février de mille sept cent trois et avait été baptisée le même jour. La seconde était une lettre. « *Monsieur Jean, j'ai été bien content de recevoir votre lettre. En épousant Colombe, vous agissez en honnête homme. Le lot des filles du peuple qui se laissent tourner la tête par un beau gars de la noblesse, c'est de se retrouver abandonnées au bord du chemin avec un bâtard dans le ventre pour toute récompense. Moi et ma femme, nous croyions bien que c'était ça qui arriverait mais Colombe pouvait quand même revenir chez nous, même avec un enfant. Je le dis encore, vous êtes honnête garçon, et c'est de tout cœur que ma femme et moi, nous vous envoyons le consentement que vous demandez. Nous sommes contents que Colombe porte désormais un nom comme le vôtre mais ce n'était pas la peine de faire tant de tralala dans votre lettre. Toutefois, c'est vrai que ça nous a fait plaisir que vous demandiez Colombe comme il faut. Vous êtes comme votre oncle, vous n'êtes pas fier avec le monde. Nantes est calme, le régiment de Picardie a été envoyé ailleurs, au diable de Vauvert, j'espère. Si vous le vouliez, vous pourriez rentrer en Bretagne mais je crois que vous avez la tête faite comme une bûche et que cette Amérique vous a ensorcelé. Enfin, on ne peut pas juger les goûts des autres d'après soi et si c'est votre désir de vivre aux Colonies, vous et Colombe, je vous souhaite d'y vivre bien...* »

Quelques minutes plus tard, on frappa ou plutôt on s'effondra contre la porte des Lamaison. Marjolaine, qui tenait à la dignité d'être toujours la première informée de qui se présentait chez ses grands-parents, se leva comme poussée par un ressort et courut à la fenêtre dont elle souleva un coin du rideau.

— C'est Jean ! annonça-t-elle. Il a tellement couru qu'il est à moitié tombé contre la porte. Il apporte une lettre, c'est sûrement pour toi, Colombe. Moi aussi, j'aimerais bien que quelqu'un m'envoie des lettres.

20

Le Courrier de Boston, *le 4 mai 1721*

L'Infante Marie-Anne-Victoire de Bourbon, fille du roi Philippe V d'Espagne, fiancée du roi Louis XV, est arrivée à Paris le 1er mars. Le jeune roi et le régent ont quitté Paris et marché à sa rencontre. Les deux cortèges se sont retrouvés au village de Berny. La petite Infante, qui ne semblait nullement fatiguée par son long voyage, a sauté du carrosse et fait au roi la plus jolie révérence du monde. Le roi a accueilli l'Infante par ces mots aimables : « Madame, je suis charmé que vous soyez arrivée en bonne santé. »

Jean avait trouvé cette phrase un peu plate pour

un accueil royal mais il avait gardé son impression pour lui.

Les deux cortèges se sont ensuite séparés. Celui de l'Infante a été accueilli avec grande liesse par les Parisiens, qui ont décoré les rues de fleurs en son honneur et dressé huit arcs de triomphe tout au long de son chemin.

Le même jour, au bas de la deuxième page du journal, car un numéro du *Courrier de Boston* ne comprenait qu'une seule feuille imprimée des deux côtés, on pouvait lire un article de trois lignes :

Le Courrier de Boston *est heureux d'annoncer le mariage de son plus jeune employé, Mr. Jean du Couëdic, et de Miss Colombe Le Bihan, qui aura lieu les jours prochains à l'église catholique de Boston.* Le Courrier de Boston *souhaite beaucoup de bonheur sur la terre américaine aux jeunes époux.*

— « L'église catholique », n'est-ce pas beaucoup dire ? demanda Jean à M. Green. Elle est à peine plus grande qu'une chapelle.

— Oh ! répondit Green, ce n'est qu'une infime exagération qui fera plaisir à tous ceux qui fréquentent cette église et aux gens de Boston en général.